Yan Nascimbene a dessiné la couverture de *Sans Atout contre l'Homme à la dague*. Il est né à Neuilly-sur-Seine le 3 avril 1949, d'un père italien et d'une mère française. Son enfance et son adolescence sont partagées entre l'Italie et la France. Il étudie à la School of Visual Arts de New York puis à l'université de Californie, à Davis, où il vit actuellement.

Passant de la photographie de mode à la peinture puis au cinéma, avec la réalisation, en 1981, d'un long métrage de fiction, *The Mediterranean*, il s'oriente ensuite vers l'illustration. Pour Gallimard Jeunesse, il a réalisé toutes les couvertures de la collection Page Blanche et de la collection Page Noire. Il a également illustré *Du côté de chez Swann* (Gallimard/Futuropolis) et est l'auteur de magnifiques albums.

Boileau-Narcejac

Sans Atout contre l'homme à la dague

Illustrations de Daniel Ceppi

Les Editions de l'Amitié
G.T. Rageot

L'incompréhensible attentat

La Chênaie, 5 août.

Mon cher Louis,

Je te remercie ; je vais beaucoup mieux. Le bon docteur Dodin, qui me soigne depuis tant d'années, est tout à fait rassurant. D'ailleurs, la goutte n'a jamais tué personne, et, chez les Royère, on vit très vieux. Et puis, en cas de besoin, j'irai, moi aussi, à Châtel-Guyon. C'est à deux pas. L'eau de Châtel a des vertus si surprenantes qu'elle réussira bien, j'imagine, à me remettre sur pied.

Je plaisante, mon cher Louis. Ce n'est pas Châtel qui peut me guérir, hélas ! Mais rassure-toi : j'ai retrouvé l'usage de ma jambe. Je prends mon tilbury, dont tout le monde se moque, et je m'évade, loin de la foule : je fais de longues marches dans les bois. Pour rien au monde, je ne voudrais devenir un de ces malheureux curistes qui, pour retrouver la santé, acceptent de mourir d'ennui.

C'est promis : j'irai à Paris pour assister à l'ouverture de ta Galerie. L'endroit est bien choisi ; je le vois parfaitement, presque en face de la Salle Gaveau. Malgré la concurrence, tu devrais réussir. La peinture est une valeur-refuge, en ces temps de marasme économique. Pour moi, c'est bien fini. A peine si, de temps en temps, je boursicote : je vends un meuble par-ci, j'achète un tableau par-là... Justement, j'ai acheté hier une petite toile : un « abstrait » naturellement, puisque c'est la mode. Tu connais peut-être l'auteur : Julien Fèvre ? Il a sûrement de l'avenir dans le gribouillage. Mais je ne pouvais faire autrement. Ce garçon m'avait été recommandé. Bref, cela m'a coûté trois mille francs. J'ai provisoirement accroché cette croûte dans le grand salon, en face de l'Homme à la dague. Je m'en débarrasserai à la première occasion, tu penses bien ! Je ne peux vraiment pas tolérer un tel barbouillage parmi les tableaux que tu connais. Un Fèvre en face d'un Caravage ! Quelle insulte ! Tu vois, si j'étais, ce qu'à Dieu ne plaise, l'Homme à la dague, eh bien...

— Monsieur !... Monsieur !...

Royère leva la tête.

— Monsieur !...

Cécile apparut, au seuil de la bibliothèque.

— Monsieur... Ce n'est pas moi. Je vous jure.

Royère posa son porte-plume et fronça les sourcils.

— Quelque chose de cassé ?

— Ah ! Monsieur ! Moi qui fais tellement attention. C'est affreux !

Elle pleurait, la pauvre vieille Cécile. Royère traversa rapidement la bibliothèque et entra dans le grand salon. Tout semblait en ordre.

— Là..., balbutia Cécile... Là... Le nouveau tableau...

— Ah ! Par exemple !

La toile de Julien Fèvre avait été lacérée. Royère s'approcha. Quelqu'un avait porté un coup en croix, avec une main armée d'une lame. Rasoir ? Couteau ?

— Curieux ! murmura-t-il.

Et, pour calmer la servante, il ajouta :

— Heureusement, c'est un tableau sans valeur, ma bonne Cécile. Rassurez-vous ; ce n'est pas grave. Mais je me demande...

Il chercha la haute silhouette de l'homme en rouge. Dans son cadre noir comme la bordure d'une lettre de deuil, il semblait le regarder, à travers les trous de son masque. L'homme à la dague !... Cécile, à son tour, se tourna vers le portrait, observa avec crainte la main à demi-repliée que l'homme tenait posée sur le pommeau de sa dague. Bien sûr, l'arme était peinte, pour l'éternité. Elle ne pouvait servir. N'empêche que...

— Je savais bien qu'il nous porterait malheur, dit-elle.

— Allons ! Allons ! Cécile ! Je vous en prie !

Royère étudia de près la toile lacérée. Les deux coupures étaient aussi nettes que deux traits de scalpel. Cécile ne pouvait plus détacher son regard de la dague.

— Allez me chercher Benoît, dit Royère. Ce tableau est bon à jeter au feu.

Cécile s'empressa d'obéir. Royère se déchaussa, prit une chaise garnie de damas crème sur fond jaune, à l'estampille de Jacob. « Un peu dommage, pensa-t-il. Heureusement, je ne suis pas lourd ! ». Il monta sur la chaise et décrocha la toile. Puis, de la main, il palpa l'arrondi du siège, caressa l'étoffe précieuse. Non, elle ne portait aucune trace de l'escalade. Il se rechaussa en faisant la grimace. Son pied droit était encore douloureux.

Un pas lourd traversait la salle à manger, accompagné du trottinement de Cécile. C'était Benoît, l'homme à tout faire du château, l'irremplaçable Benoît qui valait à lui seul tous les corps de métier. Il hocha la tête quand il vit le tableau.

— Eh bien ! Pour un massacre !... dit-il.

— C'est ma faute, fit Royère. Je n'aurais jamais dû accrocher cette croûte ici.

Du menton, il désigna l'Homme à la dague, et ajouta :

— Je n'aurais jamais dû lui faire ça !

— Il m'effrayait déjà avant, murmura Cécile. Maintenant, je n'oserai plus venir ici toute seule.

— Moi, je ne suis pas tellement surpris, observa Benoît. Les fenêtres sont toujours ouvertes. Regardez... N'importe qui peut entrer.

— Non, Benoît, non, dit Royère. Dans la journée, je ne suis jamais bien loin, vous le savez. Si je pars en promenade, je ferme. Et puis, il y a toujours quelqu'un dehors... Vous... ou bien Léonard.

— Léonard travaille au potager, dit Benoît. Moi, j'ai toujours quelque chose à bricoler dans mon atelier.

— La question n'est pas là. Vous parlez comme s'il y avait eu un vol. Mais rien n'a été volé. C'est ce tableau qui a été visé et détruit... Parce qu'il ne valait rien. Parce qu'il était une insulte à tous les objets de prix qui sont ici.

— Il a pourtant bien fallu que quelqu'un entre, objecta Benoît.

— Quand ? Ce matin, tout était en ordre. Et je n'ai quitté la bibliothèque que pour déjeuner, là, à quelques pas... Et la porte de communication reste toujours ouverte... Qui aurait couru le risque de s'introduire ici uniquement pour lacérer un tableau ?

— Mon Dieu ! gémit Cécile.

— Dame ! fit Benoît. Moi, je ne sais plus. Est-ce que Monsieur a regardé ailleurs ? Peut-être bien que quelque chose a été volé quand même ?

— Allons voir ! décida Royère.

Ils traversèrent la salle à manger, aux meubles sombres et massifs, passèrent dans le salon bleu par une magnifique porte en chêne ciré, datant de la fin de l'époque gothique, aux armes de France et de Bretagne.

— Tout est là, dit Royère.

Avant de quitter la pièce, il laissa son regard s'attarder amoureusement sur les objets et les bibelots dont chacun, autrefois, avait été l'objet d'une âpre bataille... le reliquaire, dans son encadrement en lapis-lazuli... 43 000 francs contre un antiquaire de Marseille... le petit guéridon à crémaillère, en acajou, fin Louis XVI... 25 000 francs contre un collectionneur anglais... et tant d'autres... Il était encore le grand Royère, en ce temps-là... Il soupira, referma doucement la porte et rejoignit ses domestiques.

— Il y a encore là-haut, dit Cécile.

— Si vous voulez, consentit Royère.

Le premier étage, sans être un musée, contenait cependant des meubles et des tableaux d'une grande valeur. Ils gravirent le vaste escalier qui conduisait du hall aux chambres somptueuses. Royère ouvrait les portes, une à une, se penchait, jetait un coup d'œil circulaire.

— Ça va, murmura-t-il.

Bientôt, ils se rendirent à l'évidence. Rien n'avait été dérobé.

— Je n'y comprends rien, dit Benoît.

Ils redescendirent, traversèrent la bibliothèque et se retrouvèrent dans le grand salon. L'Homme à la dague semblait les observer. Ses yeux bleus, sous le masque, étaient tellement vivants que Cécile lui montra le poing.

— Maudit ! s'écria-t-elle. Monsieur devrait s'en débarrasser.

— Vous n'y pensez pas, dit Royère. Le joyau de ma collection.

Ils se turent un instant. Pour Cécile, il n'y avait aucun doute. C'était lui, l'Homme à la dague, qui avait fait le coup. Royère et Benoît réfléchissaient.

— Puisque personne n'est venu du dehors, résuma Cécile... puisque Monsieur n'a rien entendu...

— Eh bien ? fit Royère, brusquement irrité.

Cécile, interloquée, n'osait continuer. Pourtant, d'une petite voix tremblante, elle ajouta comme pour elle-même :

— Avec son poignard, c'était facile !

Benoît haussa les épaules.

— Qu'est-ce qu'on fait de la toile ? On la jette ? demanda-t-il.

Royère regarda sa montre.

— Cinq heures, déjà !... Non, laissez-la. J'attends le docteur Dodin... Il doit m'amener des visiteurs... Un grand avocat de Paris et son fils... Je leur raconterai ce qui est arrivé... Ils trouveront peut-être une explication... Après leur départ, vous la brûlerez. Et vous, Cécile, vous servirez des rafraîchissements sous la tonnelle. Laissez-moi, maintenant.

Les deux domestiques s'éloignèrent. Le châtelain resta un long moment immobile, puis regagna la bibliothèque, relut la lettre inachevée et la déchira.

Le tableau maudit

La voiture roulait dans un chemin creux semblable à tous les chemins creux du monde. François Robion, surnommé Sans Atout par ses camarades (1), s'ennuyait. Il avait espéré qu'on passerait les vacances à Kermoal. Hélas, madame Robion était tombée malade au mois de juin et le médecin lui avait vivement conseillé une cure à Châtel-Guyon. Comme maître Robion se sentait lui-même surmené, il avait décidé que toute la famille irait en Auvergne.

— Mais moi, je ne suis pas malade, avait protesté François.

— Veux-tu que ta mère se fasse tous les jours du souci pour toi, si elle te sait tout seul à Kermoal ? Crois-tu qu'elle a oublié ce qui s'est passé là-bas ?

— Mais, papa, je ne suis plus un enfant !

— Pour ta maman, François, tu seras toujours un petit garçon. Moi, je sais que tu es un homme... Alors, surmonte cette petite déception. Un mois, à ton âge, qu'est-ce que c'est ? Et puis, voici de quoi te distraire.

(1) Voir : *Sans Atout et le cheval fantôme.*

Et François avait reçu en cadeau une superbe caméra. Sur le moment, il avait été transporté de joie. Mais bientôt, la nostalgie de Kermoal l'avait repris. Une caméra, ce n'est qu'un piège à images. Si les images sont banales, à quoi bon la plus belle caméra ? Et les images seraient forcément sans intérêt. Une ville d'eau ! Sans Atout s'était mis dans la tête que Châtel-Guyon ne méritait pas un centimètre de pellicule. Et maintenant il s'entêtait.

Pourtant les montagnes étaient belles. Il y avait d'émouvantes échappées sur la chaîne des Dômes. Mais surtout mille chemins secrets s'offraient au promeneur, et souvent Sans Atout était tenté de braquer son appareil et de filmer : ici, un ruisseau sous les branches ; là, une ruine fleurie ou un sentier qui se perdait dans la lande. Le soir, madame Robion l'interrogeait :

— Alors ? Tu as photographié de jolies choses ?

— Non. C'est trop facile. C'est un pays pour cartes postales.

— Mais la Bretagne aussi, mon petit François.

— Oh ! Ce n'est pas du tout pareil. Là-bas, il y a le vent !

— Je ne voudrais pas que tu t'ennuies...

— Mais non, maman.

Son père l'observait, pas dupe. Il savait bien, lui, que François boudait, bien décidé à tout dénigrer. Il souriait quand il apercevait le garçon descendant l'avenue Baraduc en touriste désœuvré, la caméra en bandoulière, laissant tomber sur les choses et les gens un regard condescendant.

— Vois-tu, disait madame Robion à son mari, nous avons peut-être eu tort de l'emmener.

— Il s'apprivoisera, répondit l'avocat. Quand j'avais son âge, je n'étais pas facile, moi non plus. A quinze ans, l'amour-propre est une maladie.

Sans Atout rêvassait, au fond de la voiture. Le docteur Dodin bavardait, bavardait... Les collections Royère ! Il n'avait que cela à la bouche. Quel vieux raseur !

On traversa Volvic. « Je sais, je sais, ricana tout bas Sans Atout. 3 300 habitants. Altitude 503 mètres. Visiter le château de Tournoël, les gorges d'Enval. Curiosité : la Vierge Noire de Marsat, deux étoiles. Et Kermoal, tellement plus beau, ne figure même pas dans le guide. Eh bien, je ne marche pas. Je ne marche pas ! » Il se rencogna, mécontent de sa promenade, du paysage, du docteur, de son père, mais surtout de lui-même. « Qu'est-ce que j'ai ? pensait-il. Au fond, je ne suis pas à plaindre. Mes parents me laissent libre. Je vais, je viens, comme je veux. J'ai de l'argent. Alors ?... Est-ce que je ne serais pas un peu odieux, par hasard ?... Mais voilà : pendant les vacances de Pâques, j'étais devenu un personnage important... J'avais percé à jour le mystère de Kermoal... et maintenant, je ne suis plus qu'un curiste, l'affreux mot ! L'aventure est venue, m'a souri, et puis elle est repartie, et elle m'a laissé inconsolable. Moi aussi, j'aurais besoin de me soigner. Je fais de l'aventurite ! Mais ce n'est pas leur eau qui me guérira. »

— C'est là, dit le docteur. Vous tournez à gauche, et puis tout de suite à droite.

Maître Robion manœuvra car l'auto était un

peu longue et prenait mal le virage. La Chênaie apparut. C'était moins un château qu'une de ces belles demeures du XVIIe siècle, comme on en voit encore à Riom ; des lignes simples, un peu sévères ; de hautes fenêtres, pleines de noblesse ; un perron majestueux.

L'ensemble était un peu triste, mais le jardin qui s'étendait devant la façade était si plaisant, avec ses roseraies, ses massifs d'hortensias et de sauges, ses gazons brillants, que la maison semblait en fête. Le docteur Dodin reprit la parole :

— J'ai oublié de vous dire... ne soyez pas surpris si monsieur Royère est en deuil. Il a perdu sa femme et son fils dans un accident d'auto, il y a cinq ans. Depuis, il est toujours en noir. On lui donnerait facilement soixante-quatre ou cinq ans. Pourtant, nous sommes presque du même âge : il a cinquante ans et moi cinquante-deux. Mais il n'a jamais été bien robuste et le coup a été terrible. On a dû le soigner pendant près de six mois dans une maison de repos. Après, il a vendu tout ce qu'il possédait à Paris : hôtel, galerie, voiture. Quel dommage ! C'était un expert dont l'autorité faisait loi dans toute l'Europe. Et puis, d'un seul coup, fini ! Il est venu s'enterrer ici.

— Le tombeau n'est pas mal, dit l'avocat, tout en dirigeant la voiture vers une allée ombreuse.

— J'avoue que je m'en contenterais, reprit le docteur. Le pauvre homme a conservé les meubles et les tableaux que sa femme préférait... en particulier ce fameux Caravage, qui, à lui seul, vaut une fortune. Il y en a pour des millions, derrière ces murs. Il vit là, parmi ses souvenirs.

Il ne reçoit personne. S'il a fait une exception pour vous, c'est à ma demande, parce qu'il ne me refuse jamais rien. Pensez ! Je viens le voir presque tous les jours.

Le docteur se pencha vers l'avocat et baissa la voix :

— C'est la tête qui ne va pas. En ce moment, il fait beau ; bon, il grimpe dans son tilbury, car il n'a jamais pu remonter dans une auto, et il va se promener ; il oublie un peu. Mais l'hiver !... et l'hiver dure huit mois, ici ! Il a trois domestiques qui lui sont tout dévoués ; d'accord. Mais ce n'est pas avec eux qu'il peut parler de ce qu'il aime. Alors, je viens... Je l'écoute. Un médecin commence à guérir en écoutant. Grâce à lui, j'en sais plus long sur la peinture que bien des élèves des Beaux-Arts.

Sans Atout étouffa un bâillement. Par politesse, dès qu'il fut sorti de la voiture, il braqua sa caméra sur le château, en faisant semblant d'éprouver pour La Chênaie un intérêt qu'il était loin de ressentir. Il rejoignit son père et le docteur devant la grille. Déjà, un domestique accourait.

— C'est Léonard, fit le docteur.

— Il n'y a pas de chiens ? demanda l'avocat. Quelle tentation pour les voleurs !

— On ignore, en général, dans la région, que La Chênaie est un vrai musée, dit le docteur. Monsieur Royère passe pour un vieil original un peu fou.

Léonard ouvrit la grille.

— Que ces Messieurs m'excusent. Je m'occupais de Blanchette. Je n'ai pas eu le temps de me changer. Monsieur est dans la bibliothèque.

Léonard aurait mérité d'être filmé, tellement

il était maigre. Son nez, crochu comme un bec, lui faisait une tête d'oiseau et sa veste de cuir brillait comme un plumage.

— Blanchette, expliquait le docteur, c'est la jument de M. Royère. Une brave bête qui connaît le pays mieux qu'un chien de chasse. J'oserais presque dire que c'est elle qui promène son maître et combine les itinéraires. Je vous l'ai dit, M. Royère n'a jamais plus touché à un volant ; la 2 CV sert uniquement à faire les courses.

La bibliothèque ouvrait sur le jardin par une large porte-fenêtre. Monsieur Royère vint au-devant des visiteurs. Il était assez grand, mais voûté, prématurément blanchi, émacié comme certains moines. Il faisait avec le docteur Dodin, vigoureusement rustique, un curieux contraste.

— Bienvenue à La Chênaie, dit-il.

Pendant les présentations et les compliments, Sans Atout jeta quelques vifs coups d'œil à l'intérieur de la vaste pièce qui lui parut un peu sinistre, avec ses rangées de livres reliés, son bureau nu, sans une fleur, ses fauteuils de style. Sans Atout adorait le désordre. Ce châtelain en deuil, cette bibliothèque au garde à vous, cette maison silencieuse... « J'aime encore mieux Châtel, pensa le garçon. Ici, on doit vivre sur la pointe des pieds, brrr ! » Mais bientôt, il dressa l'oreille.

— Vous qui êtes un grand avocat d'assises, disait Royère, vous êtes forcément un enquêteur. Et il vient de se produire ici un événement que je ne m'explique pas. Peut-être y verrez-vous plus clair que moi... Mais reculons-nous un peu... Vous allez mieux comprendre la disposition des lieux... Vous avez devant vous la façade ouest. A gauche, c'est la bibliothèque. A droite, vient le grand salon et enfin la salle à manger, qui fait l'angle. Toutes ces pièces communiquent entre elles. Or, après déjeuner, j'étais à mon bureau, en train d'écrire. Cécile vint dans le grand salon et y découvrit un tableau lacéré... un tableau sans aucune valeur, je m'empresse de le dire....

Il se tourna vers le docteur :

— Vous savez... la toile de Julien Fèvre.

Et revenant à maître Robion, il continua :

— Personne n'est venu de l'extérieur, j'en suis sûr. En outre, rien n'a été volé dans la maison ; j'ai vérifié. Alors, je ne comprends pas. Ou plutôt, je n'ose pas comprendre.

— Vous avez une idée ? demanda maître Robion.

— Oui, mais elle est délirante. Et pourtant...

— Vous avez retrouvé l'objet dont on s'est servi pour crever la toile ?

Royère hésita.

— Ecoutez, dit-il enfin, le mieux est que nous nous rendions tout de suite sur place. Nous parlerons ensuite, en buvant quelque chose de frais. Excusez-moi. Je vous précède.

Le groupe pénétra dans la bibliothèque.

— Vous voyez, reprit Royère, j'étais assis là, en train d'écrire. La porte du grand salon était ouverte, comme elle l'est maintenant. Quand je travaille à mon bureau, vous pouvez vérifier, j'aperçois une partie du salon. Si quelqu'un se déplaçait dans la partie cachée, même en prenant toutes les précautions, je l'entendrais forcément. Je peux vous assurer qu'il n'y avait personne. Quand je suis venu de la salle à manger dans la bibliothèque, après le déjeuner, j'ai traversé, évidemment, le grand salon et le tableau était intact à ce moment-là. J'ai écrit quelques lettres et j'ai été interrompu par le cri de Cécile. Vous voyez bien la situation ?

Sans Atout avait oublié ses griefs contre Châtel-Guyon. Il se sentait aussi excité, aussi ému, que le premier soir où il avait entendu le Cheval fantôme (1).

— Vous n'avez pas quitté cette pièce ? demanda l'avocat.

— Non. Maintenant, suivez-moi... Je vais vous montrer le tableau.

Ils entrèrent dans le grand salon.

— Voilà, dit Royère, en soulevant le tableau mutilé. C'est moi qui l'ai décroché.

Maître Robion regarda attentivement la toile, qui avait été fendue de deux traits si nets qu'ils n'avaient laissé aucune effilochure, aucune boursouflure.

— Le vandale n'y a pas été de main morte, murmura-t-il. Et il disposait d'une lame singulièrement effilée.

— N'est-ce pas ? approuva Royère avec un bizarre empressement. On sent la colère, dans son geste.

— Est-ce que je peux vous dire à quoi je pense ? intervint Sans Atout. Au coup d'épée de Zorro, le Vengeur.

— Allons, fit l'avocat. Ne plaisantons pas, veux-tu !

— Mais, dit Royère en posant la main sur la tête du garçon, je ne trouve pas cette réflexion déplacée. Il y a ici un personnage masqué et

(1) Voir : *Sans Atout et le cheval fantôme.*

armé qui a sans doute été beaucoup plus redoutable que Zorro.

Il désigna le mur opposé et les visiteurs se retournèrent.

— L'Homme à la dague, annonça-t-il fièrement.

Sans Atout ne put retenir une exclamation. Il n'avait jamais rien vu d'aussi extraordinaire.

— Le fameux Caravage, murmura maître Robion. Quel chef-d'œuvre !

— Notez, dit Royère, que les avis sont partagés. Beaucoup estiment que ce tableau n'est pas du Caravage mais d'un de ses élèves. Il n'est pas signé. Et puis, il y a la couleur. Ce rouge, un peu trop vif, n'est pas tout à fait dans sa manière. Mais pour ma part, j'affirme que c'est un Caravage, à cause de l'accent dramatique de la silhouette. Amerighi excellait à imiter la nature, vous le savez. Et bien, observez le mouvement de la main sur le manche de la dague. Ne dirait-on pas qu'elle est impatiente, qu'elle prépare déjà un mauvais coup ? Et les yeux... Approchez-vous. Voyez quelle vie les anime... quelle passion, plutôt ! Si vous vous déplacez... Tenez, venez près de moi... Ils vous suivent ; ils vous transpercent. Vous ne pouvez échapper à ce regard... Et admirez la dentelle couleur lie de vin qui prolonge le loup et dissimule le bas du visage. Elle est si légère qu'elle remue. Quand on contemple longtemps ce visage, on découvre que le souffle du personnage soulève imperceptiblement ce tulle, qu'il laisse deviner le dessin cruel de la bouche et du menton. Qui était cet homme ? Un spadassin ? Un grand seigneur ? Nul ne le sait. Mais il vit, pour des siècles et des siècles.

Royère s'épongea le front avec sa pochette.

— Excusez-moi, dit-il. Je suis toujours ridicule quand je parle de ce tableau.

— Pas du tout, dit maître Robion. Je partage votre enthousiasme. Et toi, François ?

Sans Atout ne répondit pas. Il était fasciné. La peinture ne l'avait jamais beaucoup intéressé. Il avait visité le Louvre et quelques autres musées. Trop de tableaux, qu'il fallait voir trop vite. Trop de Vierges à l'Enfant, de Christs, de Saints torturés, de vieillards en prière. Trop de fruits, sur des nappes chiffonnées, de poissons voisinant avec du gibier. Trop de formes, de couleurs, de reflets savants. Mais l'Homme à la dague, pour la première fois, éveillait en lui une émotion profonde. C'était plus qu'un face à face. C'était une rencontre, comme si, depuis toujours, ce personnage mystérieux et vaguement effrayant lui avait donné rendez-vous, ici, dans ce salon de province éclairé par un soleil déclinant, auprès d'une toile éventrée parce qu'elle était laide. Les yeux bleus fixaient Sans Atout, lui adressaient un silencieux message, et la main semblait se refermer avec irritation sur la poignée de la dague. Sans Atout dut faire un effort pour tourner la tête vers le châtelain, qui continuait ses explications.

— Ce tableau, disait-il, a une histoire tout à fait extraordinaire. En 1582, il faillit brûler dans l'incendie du Palais Lorizzi, à Venise. Il fut racheté par un marchand florentin qui fut assassiné en 1612. Les biens du malheureux furent dispersés et le tableau devint la propriété d'un prélat espagnol. En 1659, au moment où Louis XIV épousa l'infante Marie-Thérèse, le tableau fut offert à Mazarin. Ensuite, il passa entre les mains du marquis de Fréville, qui fut tué à la bataille de Malplaquet. On le perd de vue jusqu'en 1750, où il reparut dans le salon d'un fermier général, Olivier d'Harbucourt. Hélas, ce financier monta sur l'échafaud.

— Il porte malheur, si je comprends bien, dit maître Robion.

— Attendez ! Il appartint ensuite au Maréchal Ney.

— Fusillé en 1815, murmura Sans Atout.

— Exact. Puis à Lord Hastlemere, qui mourut en 1837 d'une chute de cheval. Le fils aîné de Lord Hastlemere fit naufrage, en revenant des Indes. Le tableau fut alors vendu à un banquier de la City, sir Jonathan Crawley, qui, lui, vécut fort longtemps, mais fut obligé de se séparer de l'Homme à la dague parce qu'il était ruiné.

— Et le tableau trouvait encore des acquéreurs ? demanda Sans Atout.

Royère sourit tristement.

— Les collectionneurs sont des gens bizarres, dit-il. J'en sais quelque chose. Non seulement il trouvait des acquéreurs, mais encore sa valeur augmentait sans cesse. La preuve : les enchères atteignirent la somme de cent mille francs... Je parle en francs d'aujourd'hui.

— Ce n'est pas beaucoup, dit Sans Atout.

— Au contraire, c'était considérable. La peinture, à l'époque, n'était pas encore un placement. Le tableau entra dans la maison d'un membre du Parlement, sir Robert Mac Clea, et de 1885 à 1915, ne fit plus parler de lui. Mais le fils de Robert Mac Clea, sir Daniel, coula avec le *Lusitania*, et l'Homme à la dague repassa au feu des enchères, deux ans plus tard. Il fut acheté par une actrice, alors célèbre et très riche, Maud Loewenstein, qui le légua à sa fille. Celle-ci eut un accident d'avion... J'aurais dû comprendre ce signe du destin. Mais non ! Le tableau était exposé chez Christie, à Londres. Il me plut. Je l'achetai à mon tour. Et un an plus tard...

Il y eut un silence. L'homme masqué les observait toujours. Ses yeux ne quittaient plus Sans Atout.

— J'aurais dû me séparer de lui, reprit le châtelain. Mais quoi ! Il ne peut plus rien m'arriver !

Il passa les mains sur son visage, puis s'efforça de prendre un ton léger.

— Pardonnez-moi. J'abuse de votre patience. Mais, je l'avoue, quand j'ai vu cette toile déchirée, j'ai tout de suite pensé : c'est lui !

— Voyons, mon cher ami, dit le docteur, inquiet.

— Bien sûr. C'est absurde. Mais cet Homme à la dague est associé à tant d'événements mystérieux.

— Coïncidences ! Pures coïncidences ! affirma le docteur avec force.

— Moi, je vous comprends, déclara maître Robion. C'est la première idée qui vient à l'imagination, je ne dis pas : à l'esprit. Nuance ! Il est certain que ce tableau exerce une sorte d'influence malsaine. Et cette influence peut agir sur des gens impressionnables, les pousser à des gestes en apparence absurdes. Votre personnel est-il au-dessus de tout soupçon ?

— Absolument, dit Royère. Benoît et Léonard sont à mon service depuis plus de vingt ans. Ils me sont tellement dévoués qu'ils ont accepté de m'accompagner dans ma retraite. Cécile m'a été recommandée par un ami de Clermont-Ferrand. Elle est l'honnêteté en personne. Je réponds d'eux trois comme de moi-même.

— Tout cela est vraiment étrange, murmura l'avocat En bonne logique, si vos domestiques sont innocents — et ils le sont certainement — le coupable est venu de l'extérieur.

— Pour crever une toile ? dit Royère. Cela n'a pas de sens.

Est-ce que l'Homme à la dague ne souriait pas, sous son masque ? Sans Atout l'observait, à la dérobée. Le châtelain avait raison : la dentelle qui cachait le bas de son visage tremblait ; ses yeux se moquaient. Il savait, lui ! Il avait tout vu, s'il n'avait pas tout fait. Sans Atout ne prêtait plus attention à la conversation. Il essayait de soutenir, par jeu, le regard du portrait. C'était un exercice vertigineux. Au bout de quelques secondes, on commençait à avoir peur, on avait envie de bouger, peut-être pour échapper à l'envoûtement. Sans Atout s'approcha du tableau. Derrière lui, le châtelain montrait à ses visiteurs quelques belles pièces.

— Vous voyez là une paire de vases Médicis, en porcelaine de Saint-Pétersbourg, datée 1830, offerte par le tsar Nicolas Ier au duc de Mortemart... Ah ! ça, c'est une table de changeur d'époque Louis XIV, dans le goût de Boulle...

Examiné de près, le tableau perdait toute vie. On distinguait les coups de pinceau. Le visage paraissait s'empâter. Le bleu des yeux n'était qu'un bleu sans âme. Le long vêtement rougeâtre, semblable à une cape, montrait de fines craquelures. Le dos de la main était trop blême.

— Voilà un Kisling qui n'est pas mal. Mais je

préfère, personnellement, ce fusain de Degas... Vous regardez mon petit Clodion. C'est un buste qui représente Madame Royale, enfant.

Sans Atout reculait, lentement. A deux mètres, la lumière et l'ombre commençaient à recomposer le portrait. A trois mètres, il s'animait. Peu à peu, à mesure qu'on s'éloignait de lui, il retrouvait sa verve secrète, son insolence. Bientôt, c'était un être de chair qui vous narguait, qui vous tenait à distance sous le feu de ses yeux pâles. Sans Atout comprit qu'en étudiant le tableau irrespectueusement, comme il l'avait fait, il avait offensé l'Homme à la dague. « J'irai plus loin, pensait-il. Je te photographierai, mon bonhomme. Ça t'apprendra ! »

Il rejoignit le groupe qui s'éloignait. Avant de sortir, il se retourna une dernière fois. L'Homme le suivait des yeux.

Un inquiétant message

Royère conduisit ses invités à la tonnelle où Cécile avait apporté les rafraîchissements.

— Vous avez des pièces de toute beauté, disait maître Robion.

— Et encore, vous n'avez pas tout vu, reprenait le docteur. Il y a, au premier, des meubles admirables... notamment un guéridon en bronze doré, avec un plateau en porphyre supporté par trois Egyptiennes aux bras repliés, qui est une merveille.

Sans Atout marchait, quelques pas en arrière. De la visite, il n'avait gardé aucun souvenir. Mais il avait toujours en mémoire ce personnage masqué qui lui rappelait Fantômas, poignard au poing, surgissant au-dessus des monuments de Paris comme une sombre nuée. C'était à coup sûr un portrait magique. Le peintre inconnu avait réussi à capter jusqu'aux pensées les plus secrètes et les moins avouables de son modèle. Derrière ce front, où courait une ride au sens ambigu : contrariété, souci, souffrance ? quels projets affreux mûrissaient encore ? L'homme avait-il épuisé son venin, ou bien méditait-il quelque nouveau forfait ? Que signifiait cette toile lacérée ? Etait-ce un avertissement ? Sans Atout ne partageait pas l'avis de son père. Il sentait que le coupable était l'Homme à la dague. Et il entrevoyait une explication merveilleusement romanesque : Cécile avait été hypnotisée. Pourquoi pas ? A force de regarder ces yeux si brillants, ne pouvait-on pas tomber dans une sorte de sommeil commandé et faire alors des choses révoltantes ? Sans Atout avait bien éprouvé comme une attirance invincible, en essayant de soutenir le regard de l'Homme à la dague. Que se serait-il passé s'il s'était absorbé dans la contemplation du portrait ? Or, Cécile venait tous les jours dans le grand salon, pour épousseter. Tous les jours, elle était exposée à ce qu'il fallait bien appeler l'irradiation du tableau. Elle s'imprégnait peu à peu d'effluves maléfiques. Et, d'un coup, sa résistance cédait : elle crevait la toile. Elle aurait aussi bien pu piquer une crise de nerfs. L'explication était peut-être tirée par les cheveux, mais elle avait le mérite d'éliminer tout mystère. Personne n'était venu. Personne n'était reparti. Cécile, à son insu, avait été l'instrument docile de l'Homme à la dague.

Oui, bien sûr. Deux ans plus tôt, Sans Atout n'aurait pas cherché plus loin. Mais il n'était plus un enfant. Ou, du moins, il l'était à ses moments perdus, quand le démon du jeu venait encore le tirer par la manche. Mais, jugeant de sang-froid, il devait s'avouer que ce tableau agissant comme un magnétiseur, c'était... Bref, il valait mieux ne faire part à personne de cette hypothèse.

Il entra sous la tonnelle, où régnait une agréable fraîcheur et accepta un jus de fruit.

— Vous comprenez, disait le châtelain, pourquoi je suis troublé. J'ai beau tourner et retourner le problème dans ma tête, je n'aperçois aucune solution. Je n'attache aucune importance à ce tableau détruit. Non, ce n'est pas cela qui m'inquiète. De toute façon, il aurait fini ses jours au grenier. Mais, demain, c'est peut-être le Degas que vous avez admiré, qui sera lacéré.

— Si vous prenez des précautions suffisantes, objecta maître Robion, si vous laissez portes et fenêtres soigneusement fermées, je pense qu'il ne se produira plus rien de fâcheux.

— Malheureusement, soupira Royère, l'ennemi est peut-être dans la place !

— Est-ce que je peux filmer ? demanda Sans Atout, qui avait hâte, soudain, de revoir l'Homme à la dague. J'aimerais prendre la façade et puis, si vous le permettez, le grand salon.

— Mais bien sûr, dit le châtelain. Allez, mon garçon. Vous êtes chez vous.

Il se pencha vers l'avocat et murmura :

— Mon fils aurait à peu près son âge.

Sans Atout était déjà loin. Il longea les communs et aperçut, dans une remise, le tilbury, si bien astiqué qu'il paraissait neuf. Drôle d'idée de se promener dans cet équipage à l'ancienne, quand il était si facile d'acheter une décapotable, par exemple une *Ferrari*, ou une *Mercédes* 280, ou une *Lamborghini*. Il est vrai que le docteur leur avait expliqué... Plus tard, lui, Sans Atout, quand il serait célèbre, comme son père, il aurait une Porsche, une vraie Porsche de compétition, avec des ailerons. Il aperçut la vieille Cécile, qui épluchait des légumes, dans la cuisine. Benoît et Léonard causaient auprès de la 2 CV, arrêtée devant le garage. Benoît ressemblait tellement à un maître d'hôtel de cinéma que Sans Atout faillit pouffer. Il pressa l'allure et arriva devant la façade.

Cette fois, il avait vraiment envie de se servir de sa caméra. Il la sortit de son étui, procéda aux réglages que recommandait la notice, prit du champ et choisit un angle intéressant. « Moteur ». Il avait l'impression d'être un grand metteur en scène, de tourner un film d'aventures, qui s'intitulerait, bien entendu : *L'Homme à la dague*. « Coupez ». Le ronronnement de l'appareil s'arrêta.

« Bien ! Maintenant, une vue en perspective fuyante, puis un gros plan du perron. Je gravis les marches sans cesser de filmer. L'Homme à la dague m'entend venir en travelling lent, et franchir la porte du hall. Stop. A partir d'ici, l'éclairage est plus faible. Il y a certaines précautions à prendre. Voilà... Je suis dans la salle à manger. Passons. En face de moi, la porte du grand salon. « Il » tend l'oreille. « Il » tourne les yeux de mon côté. Qu'est-ce que je disais ! Il me regarde, mais il n'a plus envie de se moquer. Cet engin bizarre, braqué sur lui comme un pistolet, l'impressionne. Sa dague, juste bonne à déchirer des tableaux, ne lui est plus d'aucun secours. Il essaye de menacer, derrière son masque, mais je vois bien qu'il a peur. Ah ! Ah ! Vieux frère. Tu te croyais bien tranquille, dans ta toile. Bien à l'abri, pour faire tes mauvais coups ! Eh bien, je n'ai qu'à appuyer sur ce déclencheur et, hop, te voilà aspiré dans ma boîte. Tu deviens mon prisonnier. Maintenant, tu es à moi. Quand tu voudras jouer au matamore, ce sera chez moi, sur mon écran, et pour me faire plaisir à moi tout seul. Monsieur n'est pas content ! Monsieur roule des yeux furieux ! Monsieur n'aime pas qu'on le kidnappe ! C'est grand dommage. Sans Atout, pour une fois, possède un atout maître : sa caméra. Avec elle, il est le plus fort. Et même... tu vas voir... Je place mon appareil sur la table. Je pousse ce bouton, là sur le côté... et je viens me mettre près de toi. Nous allons être filmés tous les deux... Attention... Ne bouge plus... Prise de vue automatique... Toc ! Ça y est. Sans Atout et son vieux copain, presque la main dans la main. Tu n'as pas envie de rigoler ? Tu m'en veux, hein ? Si tu pouvais me faire du mal... Ne te fâche pas. J'ai fini. »

Sans Atout remit la caméra dans son étui, et adressa au portrait une profonde révérence. « Monseigneur... Je suis l'obligé de Votre Excellence... ».

Il s'apprêtait à sortir par la bibliothèque, quand il aperçut sur une console, une grande enveloppe. Il lut la suscription :

A Monsieur Etienne Royère

L'écriture était curieuse, avec ses fioritures, ses pleins excessifs, ses boucles soignées, et çà et là, des crachotements comme en produit une plume d'oie. L'enveloppe n'était pas là, quelques instants plus tôt. Bizarre ! Sans Atout hésita. Il ne voulait pas être indiscret. Malgré lui, il leva les yeux sur l'Homme à la dague. Est-ce que les rôles n'étaient pas renversés ? Est-ce que, maintenant, ce n'était pas le portrait qui avait l'air de se divertir ?

Sans Atout prit l'enveloppe et sortit. Chemin faisant, il palpait le papier. Un papier épais, légèrement rugueux, façon parchemin. Il n'y manquait qu'un sceau, mais aux armes de qui ? Sa curiosité de plus en plus aiguisée, il pressa le pas, et, dès qu'il vit le châtelain, bavardant toujours avec ses invités, il brandit la lettre.

— C'est pour vous, Monsieur Royère. Elle était dans le grand salon.

— Qu'est-ce que c'est encore que ça ? dit Royère. Vous permettez ?

Il déchira l'enveloppe, déplia le papier qu'elle contenait, et lut, à haute voix :

Je ne resterai pas un jour de plus dans votre maison. Vous comprenez pourquoi.

— Ça n'a aucun sens, dit le docteur.

— Montrez, fit maître Robion. Il n'y a pas de signature, mais un dessin qui ressemble fort à une dague.

— A une dague ! s'écria Royère.

Il reprit la lettre et considéra, la mine stupéfaite, l'espèce de croix qui figurait au bas du document. Le docteur se leva et vint se planter derrière lui.

— Oui, murmura-t-il. C'est bien un poignard. Voici le manche. Il a été épaissi de plusieurs traits de plume. On ne peut pas s'y tromper.

— Mon Dieu ! Mon Dieu ! gémit le châtelain.

— J'allais sortir du grand salon, expliqua Sans Atout. J'ai remarqué la lettre sur une console, tout près de la porte de la bibliothèque.

— C'est lui, dit Royère. C'est l'Homme à la dague.

— Il y a sûrement quelqu'un qui cherche à vous effrayer, intervint l'avocat. Je vous en prie, cher Monsieur, gardez votre sang-froid. Ce papier, d'abord, le reconnaissez-vous ? Est-ce qu'il vous appartient ?

— Non, dit Royère. Mais il est fabriqué près d'ici. Nous avons encore, dans la région, des artisans qui préparent ces vieux vélins selon les procédés d'autrefois.

— Il doit donc être facile, reprit maître Robion, de découvrir qui l'a acheté. Avez-vous des ennemis, Monsieur Royère ?

— J'en ai eu, évidemment. Mais, depuis mon deuil, je ne porte ombrage à personne. Non. Inutile de chercher bien loin. Celui qui m'en veut, c'est le portrait. J'ai eu le malheur d'accrocher au mur cette toile lamentable. Il a été écœuré ; je le comprends. D'ailleurs, lisez... C'est écrit en toutes lettres. *Je ne resterai pas un jour de plus dans votre maison.*

L'avocat et le médecin échangèrent un regard par-dessus la tête du châtelain. Le docteur Dodin mit la main sur l'épaule de son ami.

— Je crois, dit-il, que maître Robion a raison. Quelqu'un cherche à vous faire peur. L'Homme à la dague n'est qu'une peinture, et vous le savez bien. Il n'est pas descendu de son cadre pour écrire cette lettre, vous êtes bien d'accord ?

— Il a bien lacéré le tableau.

— Vous n'êtes pas raisonnable, soupira le docteur. Voyez ! Vous vous laissez impressionner. Or, il suffirait de réfléchir un peu.

— Réfléchir ! Alors qu'il est capable de tout. Vous êtes bon ! Les autres aussi ont eu tout le temps de réfléchir... Le marquis de Fréville... Olivier d'Harbucourt... et tous ceux que je vous ai cités. Moi aussi, j'ai réfléchi, avant de l'acheter. Et j'ai quand même perdu ma femme et mon fils. Et maintenant il va s'échapper. Il me prévient. Ça sert à quoi, de réfléchir ?

— Non, dit doucement maître Robion, il ne s'échappera pas mais on va peut-être organiser sa fuite, ce qui est tout différent. On va peut-être l'enlever, et c'est pourquoi on essaye d'agir sur vous, de vous intoxiquer. Cela fait partie d'un plan, visiblement. François, puisque tu étais là-bas, n'as-tu rien remarqué qui puisse nous être utile ?

— Non, papa, rien. Je suis entré par le hall, j'ai traversé la salle à manger... Après, eh bien, j'ai filmé le portrait. J'étais seul. La lettre était sans doute là depuis un certain temps déjà.

— Pas plus de quelques minutes. Quand nous sommes sortis, elle n'y était pas. Et nous sommes restés ici tous les quatre combien de temps ? Guère plus d'un quart d'heure. Après tu es parti... A ce moment, la lettre avait déjà été déposée.

Le châtelain se leva.

— Retournons là-bas, dit-il. Je vous jure bien que s'il veut s'en aller, il trouvera à qui parler.

Le docteur chuchota à l'oreille de l'avocat :

— C'est devenu une idée fixe. Il croit dur comme fer que le portrait est vivant.

Les trois hommes remontèrent vers le château. Sans Atout suivait, consterné. Est-ce que ses pitreries n'avaient pas poussé à bout celui qu'il avait traité comme un adversaire ? Le ton du billet était significatif. *Je ne resterai pas un jour de plus...* Exactement ce qu'aurait dit une personne offensée. Sur ce point, Royère ne se trompait pas. Mais il ignorait que l'Homme à la dague avait été, en outre, bafoué, traité comme un phénomène de foire.

Sans Atout rattrapa son père qui marchait, maintenant, entre Royère et le médecin.

— Je ne dis pas que j'ai une théorie, expliquait-il, mais il me semble que j'aperçois les grandes lignes de cette affaire... Combien vaut le tableau, à l'heure actuelle ?

— A peu près un million. On ne sait jamais comment peut tourner une vente aux enchères. Mais je crois qu'on peut retenir ce chiffre.

— Le tableau mérite donc largement qu'on se donne la peine de le voler. Ce sera mon hypothèse de départ : on veut le voler. On commence par vous mettre en condition. On lacère une toile sans valeur, comme si l'Homme à la dague, conscient d'être un chef-d'œuvre, était incapable de supporter la vue d'une croûte. C'est bien cela, n'est-ce pas ? Et vous m'accorderez que, dès qu'on formule clairement cette idée, elle apparaît dans toute son absurdité. Il n'empêche, le doute est semé. L'angoisse va se manifester aussitôt.

Le châtelain saisit le bras de maître Robion.

— Continuez, dit-il. Vos paroles me font du bien.

— Deuxième épisode : la lettre. Qu'est-ce qu'elle sous-entend ? Que l'Homme à la dague va quitter le château en dépit de toutes les précautions que vous pourrez prendre. Et vous voilà déjà en état d'infériorité, parce que vous commencez à croire à la menace. Votre voleur a la partie bien en main. Il n'a plus devant lui qu'une victime terrorisée.

— C'est vrai, avoua Royère.

— Dès lors, que va-t-il faire ? Là, nous avons le choix entre plusieurs possibilités. J'admets, bien entendu, qu'il se cache quelque part, soit dans la maison, soit à l'extérieur.

— Nous avons fouillé, objecta le châtelain.

— Pas exactement. Vous avez fait un rapide inventaire pour vous assurer que rien n'avait été volé. C'est tout différent. Je reprends donc. Notre voleur attend la nuit pour agir. Quand l'heure est venue, il ouvre une porte ou une fenêtre. Peut-être a-t-il des complices ? Et ni vous, ni vos domestiques, ne bougez, parce que vous êtes déjà à demi, sinon complètement résignés.

— Mais ensuite ? interrogea Royère. A qui revendrait-il le tableau ?

— Sans doute à vous. C'est ordinairement ainsi que les choses se passent.

On arrivait à la bibliothèque. Royère offrit des fauteuils et s'assit devant son bureau. Il paraissait très malheureux.

— Seulement, reprit l'avocat, le plus beau plan du monde ne peut tout prévoir.

« Ce qu'il est malin, papa, pensait Sans Atout. En trois minutes, il nous a tous mis dans sa poche, et sans rien prouver. Il suppose. C'est facile. Il est vrai qu'il cherche surtout à nous rassurer. »

— Et ce que le malfaiteur n'a pas prévu, continuait maître Robion, c'est notre visite, le jour même où il a lacéré cette méchante toile. Car vous n'êtes plus seul, cher Monsieur. Nous sommes trois.

— Quatre, rectifia Sans Atout.

L'avocat sourit.

— Soit. Nous sommes quatre. Et à nous quatre, nous allons organiser votre défense.

Il regarda l'heure à sa montre, une splendide montre de sportif, pleine de cadrans et de chiffres. Sans Atout la regarda aussi. Il ne pouvait s'empêcher de l'admirer malgré la gravité du moment. La caméra, c'était bien. Mais une montre comme celle-là !

— Bientôt sept heures, dit l'avocat. Dans une heure, il fera nuit. Si vous voulez bien nous accorder l'hospitalité, cher Monsieur, nous allons transformer La Chênaie en forteresse et je vous garantis que votre Homme à la dague sera encore avec nous demain matin.

Royère ne put dissimuler la joie qu'il ressentait, mais il protesta pour la forme. Non, il ne pouvait accepter. Madame Robion aurait bien mauvaise opinion de lui.

— Je vais lui téléphoner pour la prévenir, proposa maître Robion. C'est moi, au contraire, qui m'excuse. J'ai l'air de m'imposer. Mais les circonstances sont telles...

— Je partage entièrement l'avis de maître Robion, dit le médecin. Nous ne pouvons pas vous laisser seul ce soir. Je crains seulement que la veillée ne soit pas très gaie pour ce jeune homme.

Sans Atout rougit. Il n'aimait pas être appelé « jeune homme ». Le châtelain vint à son secours.

— J'ai gardé dans ma bibliothèque, dit-il, les livres de mon fils. Il adorait les récits d'aventures. S'il vous plaît de les feuilleter.

— J'en serai très heureux, s'écria Sans Atout.

Il guettait son père, du coin de l'œil. Mais non, l'avocat ne proposait pas de le ramener à l'hôtel. Il comprenait tout. Il devinait que, pour Sans Atout, cette soirée si insolite resterait la plus belle des vacances. Et surtout, il devait penser, en dépit de ce qu'il venait de déclarer, que la nuit se passerait sans le moindre incident.

— Eh bien, dit le châtelain, en s'efforçant de paraître enjoué, je vais donner des ordres. Benoît préparera vos chambres. Le dîner sera servi dans un instant. Je reviens tout de suite. Ah ! Je vous laisse la lettre. Peut-être y découvrirez-vous quelques nouveaux indices.

Il sortit par le grand salon et son pas retentit longtemps sur les parquets anciens.

— Difficile de marcher ici sans faire de bruit, remarqua maître Robion. Voyons cette lettre. J'en reviens à ma première idée. Il devrait être aisé de retrouver celui qui a acheté ce papier.

— Ne croyez pas cela, dit le docteur. Nos artisans ont une grosse clientèle de passage. Ils sont très connus.

— Ce qui m'intrigue, reprit maître Robion, c'est la deuxième phrase. « *Vous comprenez pourquoi* ». Si l'on développe, cela signifie quelque chose comme : « Vous m'avez mis sous le nez un tableau affreux. Vous m'avez insulté. Vous m'avez provoqué. » Nous sommes bien d'accord ?

— Tout à fait, dit le docteur.

— Bon. Mais nous croyons, nous, que quelqu'un agit dans la coulisse. Or, le tableau lacéré a été acheté hier ou avant-hier.

— Hier matin.

— Il faut donc que notre malheureux ami soit épié de fort près. Quelqu'un a su qu'il avait acheté cette toile et a aussitôt pensé à se servir de la légende de l'Homme à la dague pour mettre au point cette machination. Avouez que c'est étrange. Et surtout que c'est compliqué. Si notre inconnu a toute facilité pour espionner

Royère, le suivre partout et se promener dans le château sans être jamais vu, pourquoi n'a-t-il pas déjà volé le Caravage ? Pourquoi toute cette mise en scène ? Pourquoi veut-il imposer à Royère cette idée que le tableau va disparaître pour le punir ? C'est cette notion de punition qui me gêne.

Sans Atout trouvait que son père cherchait la petite bête. Des subtilités d'avocat. Pour lui, la situation était beaucoup plus simple : l'Homme à la dague avait fait savoir qu'il s'en irait. Complot ou pas complot, voleur ou pas voleur, l'Homme à la dague tiendrait parole, malgré les précautions prises. Il n'y avait plus qu'à attendre, et c'était à la fois épouvantable et délicieux.

Sans Atout, par politesse, alla rendre visite aux livres du jeune Royère, mais les Agatha Christie, les Dickson Carr ne l'intéressaient plus. Ce qui se passait sous ses yeux était tellement plus mystérieux ! Le châtelain revint.

— Nous allons pouvoir passer à table, annonça-t-il. Ma vieille Cécile fait des prodiges, quand elle veut. Il y a un lapin qui mijote et l'omelette est déjà battue. Je vous suis très reconnaissant, mon cher maître.

— Eh bien, si vous voulez, dit l'avocat, nous allons d'abord fermer partout et ensuite nous inspecterons toutes les pièces. Commençons par le salon bleu.

Royère, devant ses invités, ferma les volets des deux fenêtres.

— Vous voyez, observa-t-il, chaque ouverture est munie d'une barre de sûreté. Et il en est ainsi dans toute la maison.

La bibliothèque, à son tour, fut soigneusement close. Maître Robion donna un tour de clef à la porte qui faisait communiquer cette pièce avec le grand salon et tendit la clef à Royère.

— Y en a-t-il d'autres ? demanda-t-il.

— Non. C'est la seule.

— Parfait. De cette façon, nous sommes sûrs que personne ne peut entrer de ce côté. Ici, tout est en ordre. Je ferme devant vous la porte-fenêtre... Et maintenant, les deux fenêtres... Voilà.

L'Homme à la dague observait les allées et venues avec beaucoup d'intérêt. Maître Robion alluma le grand lustre et, sous le masque, les yeux du portrait brillèrent.

— Je vous propose de laisser entrouverte la porte qui sépare ce salon de la salle à manger, continua l'avocat. On n'a tout de même pas besoin de monter la garde ici. Ce serait un peu ridicule.

Le châtelain approuva. Cécile achevait de mettre le couvert.

— Pendant que nous y sommes, Cécile, dit Royère, nous allons aussi boucler votre cuisine. Défense d'ouvrir, jusqu'à demain matin.

La vieille servante leva ses yeux de chien fidèle.

— Bien, Monsieur.

— François va vous aider, décida maître Robion.

Sans Atout aurait préféré accompagner son père dans la visite de la maison, mais il comprit qu'il devait accepter sans rechigner. Il n'était qu'un acteur en surnombre, quelque chose comme le mousse à bord d'un bateau, et il se mit à transporter avec entrain le pain, les bouteilles, les tasses à café, le sucre. Parfois, il allait jusqu'au seuil du grand salon. Vite ! Un regard. L'Homme à la dague semblait réfléchir, les yeux tournés vers la salle à manger. Jamais Sans Atout n'avait vécu de moments plus passionnants. Ah ! Il ne regrettait plus Kermoal.

Bientôt, le châtelain et ses invités réapparurent.

— J'ai téléphoné à ta mère, dit maître Robion. Elle t'embrasse.

Et tourné vers ses compagnons :

— Cette fois, je crois que toutes les précautions sont prises. Toutes les issues sont fermées. Nous savons que personne ne se cache dans la maison. Benoît et Léonard feront des rondes. Et si l'on veut entrer dans le grand salon, il faut passer par cette pièce où nous sommes.

— Eh bien, à table, dit le châtelain. Je me sens, grâce à vous, mes bons amis, complètement rassuré. Merci.

— Moi, dit le docteur, il y a une question que je voudrais vous poser. Si elle est indiscrète, ne répondez pas. Pourquoi avez-vous conservé ce tableau, qui est associé à tant de malheurs ? Il me semble qu'à votre place, je l'aurais vendu depuis longtemps.

Royère prit une tranche de jambon et attendit que Cécile se fût éloignée.

— C'est assez difficile à expliquer. J'ai gardé l'Homme à la dague parce que j'espérais vaguement que, grâce à lui, quelque nouvelle catastrophe se produirait qui, cette fois, m'atteindrait directement. Je tenais si peu à la vie ! Et puis... le temps a passé ! J'ai survécu. Je me suis fait une nouvelle existence... un peu sauvage, c'est vrai, mais qui me plaît. L'oubli n'est pas venu, non. Il ne viendra jamais. Simplement, les plaies se cicatrisent. Mais elles se sont brusquement rouvertes aujourd'hui, quand j'ai cru que l'Homme à la dague recommençait à se manifester. Parlons d'autre chose, voulez-vous ?

Maître Robion donna, aussitôt, un tour plus plaisant à la conversation. Il connaissait tant d'anecdotes ! Le châtelain se laissait gagner par l'entrain des propos. De temps en temps, il se levait, s'approchait du seuil du salon, puis regagnait sa place en haussant les épaules. Le tableau était toujours là, forcément.

On goûta un petit Saint-Pourçain qui mettait merveilleusement en valeur le lapin. Sans Atout commençait à trouver le temps long. Il ne se passerait rien. On avait retiré toute chance à l'Homme à la dague. Cécile servit le café.

— Quand vous sortirez, dit Royère, fermez la porte du couloir. Elle nous envoie dans les jambes un courant d'air désagréable.

— Elle est fermée, Monsieur, répondit Cécile.

Le châtelain fronça les sourcils.

— Mais voyons... ce courant d'air...

Il se dressa brusquement, courut à la porte du grand salon et poussa un cri étouffé. Sans Atout était déjà près de lui. Le tableau avait disparu. La porte-fenêtre était ouverte. Le vent de la nuit agitait doucement les tentures. Sans Atout bondit dans le jardin.

— Là-bas ! cria-t-il. Là-bas, je le vois !

Une haute silhouette s'effaçait déjà dans l'ombre. Sans Atout avait eu le temps de reconnaître la cape rouge. L'Homme à la dague venait de s'enfuir.

L'inexplicable disparition

Il y eut un instant de panique. Le docteur Dodin s'occupait du châtelain, effondré sur une chaise. L'avocat avait rejoint Sans Atout.

— Qu'est-ce que tu as vu ?

— J'ai aperçu quelqu'un.

— Tu es sûr ?

Sans Atout était bouleversé. Il avait, par jeu, souhaité l'événement, et maintenant il avait peur.

— Je crois, oui... C'était lui..., balbutia-t-il.

— Qui ?

— L'Homme à la dague.

— Ne sois pas absurde.

— Si... Son manteau rouge.

— Rentrons... et tais-toi !

Le cadre était demeuré accroché au mur. Seule, la toile avait disparu. Et ce simple détail rendait la scène plus dramatique, comme si l'Homme à la dague, par un puissant effort, s'était arraché aux liens qui le retenaient et avait pris, pendant quelques secondes, la consistance, l'épaisseur d'un corps vivant, pour ouvrir la porte-fenêtre et pousser les volets.

Cécile était accourue et ne cessait de répéter : « Mon Dieu ! Mon Dieu ! »

L'avocat mit la main sur l'épaule de Royère.

— Je suis navré. Absolument navré. C'est à se demander si ce maudit tableau ne dispose pas de pouvoirs surhumains !... Léonard va fouiller le parc, avec Benoît. Mais je suis sûr d'avance que ce sera en pure perte ! J'ai l'impression que cet enlèvement a été soigneusement préparé.

Le médecin se tenait penché sur Royère.

— Comment vous sentez-vous ?

— Ça commence à passer, murmura le châtelain. J'ai eu un vertige. Tout cela est tellement incroyable !

Il se leva, en s'appuyant au bras du docteur Dodin, et s'approcha de la porte-fenêtre qu'il examina de haut en bas.

— Rien n'a été fracturé, fit-il observer. On jurerait qu'elle a été ouverte par l'un d'entre nous. C'est à devenir fou.

— Et le cadre est absolument intact, dit l'avocat, qui étudiait l'emplacement du tableau. Sur le parquet, je ne vois aucune trace. Le mieux est de téléphoner tout de suite à la gendarmerie. Car enfin, c'est un vol.

— Est-ce bien un vol ? questionna Royère. L'Homme à la dague m'a quitté, voilà tout.

— Il est descendu de son cadre et il a ouvert la porte-fenêtre, fit maître Robion, avec une pointe d'agacement.

— A qui fera-t-on admettre qu'un voleur s'est introduit ici, malgré les précautions prises, et alors que nous dînions à quinze mètres du tableau !

— C'est juste, avoua l'avocat. On a l'impression de se heurter à un mur, dès qu'on avance la moindre explication.

— Je connais le chef de la brigade de Pont-Gibaud, dit le médecin. Je vais téléphoner.

On entendit bientôt des bribes de conversation.

— La Chênaie, oui... Oh ! une affaire extraordinaire... Le plus beau tableau de la collection... Justement, on ne sait pas... Non, il n'y a eu aucune violence... D'accord. On vous attend.

Léonard et Benoît vinrent faire leur rapport. Ils n'avaient rien remarqué de suspect. La grille était toujours fermée. Personne ne se cachait dans les communs.

— Je vous remercie, mes amis, dit Royère. Ne vous éloignez pas. La gendarmerie est en route et l'on aura sans doute besoin de votre témoignage, comme du nôtre.

Complètement remis de son étourdissement, le châtelain passa un bras autour des épaules de Sans Atout.

— Je regrette, mon cher enfant, de vous causer de telles émotions. Vous devez penser que je suis un vieux fou, avec mon tableau. Et après tout, je suis peut-être un vieux fou !... Allons boire notre café, cela nous remontera. Nous en avons besoin. Et puis, vous irez vous coucher, mon petit. Je ne veux surtout pas que vous passiez une nuit blanche à cause de moi.

Et pourtant ce fut une nuit blanche pour Sans Atout. Il avait beau occuper une des plus belles chambres et être étendu dans un lit authentiquement Louis XVI, il ne pouvait fermer l'œil. Malgré l'épaisseur des planchers, il percevait les bruits de voix, en bas. Quand le silence revenait, il ne pouvait s'empêcher de revivre tous les événements, depuis l'arrivée à la Chênaie. Et il essayait de se remettre en mémoire les paroles qu'il avait adressées à l'Homme à la dague, tandis qu'il le filmait. A la vérité, il les avait prononcées en lui-même. Mais l'autre les avait sûrement devinées. Alors ?

Maintenant qu'il était libre, n'allait-il pas se venger ? Car il était libre... C'était bien lui qui fuyait dans le jardin... Etait-ce bien lui ?... Sans Atout essayait de se rappeler... Cette silhouette... Mais le vent remuait des ombres, animait les buissons. L'engourdissement du sommeil embrumait la pensée du garçon. Il luttait pour garder le contrôle de sa méditation morose. Non ! Il n'avait rien à craindre. C'était un duel entre l'Homme à la dague et le châtelain... à qui tiendrait l'autre en son pouvoir. Peut-être le château brûlerait-il, comme ce palais vénitien dont avait parlé Royère. Sans Atout rouvrit les yeux. Tout était calme, autour de lui. Mais il y avait encore des bruits de voix au rez-de-chaussée. « Moi qui ai découvert le secret de Kermoal, songea Sans Atout, c'est bien le diable si je ne pénètre pas le mystère de la Chênaie. » Il perdit conscience et sursauta quand une main lui secoua l'épaule.

— Lève-toi, dit maître Robion. Il faut rentrer.

— Quelle heure est-il ?

— Huit heures.

— L'avez-vous retrouvé ?

— Non. A mon avis, on ne le retrouvera jamais.

Sans Atout repiqua un somme dans la voiture. Il n'avait pas l'habitude de veiller. La fatigue...

les émotions... Il avait l'impression de revivre une nuit de Noël.

Il ne garda aucun souvenir du départ, des dernières paroles échangées à la grille. Il se rappelait seulement que son père avait dit au châtelain :

— Nous reviendrons. Je me mets à votre entière disposition.

Et puis il se réveilla devant l'hôtel. Madame Robion, levée depuis longtemps, prenait un petit déjeuner.

— Vous voilà enfin, dit-elle. Je me suis bien inquiétée.

— L'Homme à la dague a fait le mur s'écria Sans Atout. Papa n'y comprend rien. N'est-ce pas, papa ?

— Qu'est-ce que c'est que cette histoire ?

L'avocat se laissa tomber dans un fauteuil.

— En effet, fit-il, c'est une histoire peu ordinaire.

Et il raconta tout : le portrait, sa légende, la toile lacérée, la lettre, la veillée, la disparition de l'Homme à la dague... Madame Robion en oubliait de manger. Elle regardait son fils.

— Tu vois dans quel état cela te met, dit-elle. François, tu vas me faire le plaisir d'aller te reposer et d'oublier tout ça.

— Mais, maman, c'est de l'Edgar Poe, tu ne trouves pas ? Ce personnage qui se taille sous notre nez...

— Qui s'échappe, rectifia madame Robion.

— Oui. Il s'échappe, après nous avoir prévenus. C'est formidable ! Papa croit qu'on l'a volé. Pas moi. D'ailleurs, je l'ai filmé. Tu verras s'il a l'air malin !

Il rit et accrocha à son épaule, d'un geste de professionnel, la courroie de sa caméra.

— A tout à l'heure !

Il fit une toilette rapide ; il n'avait aucun goût pour les ablutions prolongées. Ensuite, il vérifia l'état de sa bicyclette et la remonta soigneusement. C'était un de ces vélos démontables qu'on range facilement dans la malle d'une voiture. Il l'avait laissé en pièces détachées pour signifier à tous qu'il n'avait aucune intention de se promener. Mais, maintenant, il y avait une enquête en cours et il serait peut-être utile de retourner sur les lieux, d'explorer les alentours de la Chênaie, sans prévenir personne, bien entendu. Puis il porta son film à développer ; on lui demanda un délai de quarante-huit heures. Enfin, il acheta *La Montagne,* mais ne trouva aucun entrefilet signalant les événements. Il était encore trop tôt.

Cependant, dès la fin de l'après-midi, *France-Soir* réservait un titre à l'affaire, au bas de sa première page :

L'Homme à la dague disparaît.

Suivaient quelques lignes banales. L'information n'avait pas encore pris forme. En revanche, les journaux du lendemain donnaient tous la première place à la disparition du tableau.

En ce mois de vacances où les nouvelles étaient rares, la mystérieuse évasion de l'Homme à la dague était une aubaine ! Sans Atout se procura toutes les feuilles de Paris, découpa tous les articles. Le portrait était partout reproduit, mais les photographies n'étaient pas très bonnes. Elles ne donnaient aucune idée de la couleur du vêtement, du mouvement de la main sur la dague. Les yeux, sous le masque, paraissaient morts.

« Au fond, songea Sans Atout, je suis le seul à posséder un document impeccable. Pourvu que mon film soit bon ! » Il flânait dans le parc du Casino, autour de la source Yvonne, quand il fut abordé par un grand gaillard blond en blue-jeans, hirsute, deux appareils de photographie en bandoulière, et il sut d'instinct que c'était un journaliste. Son cœur rata un battement.

— *Paris-Jour,* dit l'homme. Vous êtes bien François Robion ?

— Oui.

Le grand blond cria :

— Roger... Amène-toi !

Et un nouveau personnage entra en scène, plus âgé et plus soigné que son compagnon, mais inquiétant, avec ses lunettes noires qui rappelaient les films de gangsters.

— C'est le fils Robion, dit le photographe.

— Ah ! Enfin, dit l'autre. Vous savez, on a du mal. Personne ne peut entrer à la Chênaie. Le docteur Dodin a condamné sa porte. Et votre père est plus que discret. Alors, on vous cherchait. Voyons, racontez-nous cette soirée en détail. Venez par ici... qu'on soit tranquilles.

Le kiosque à musique était à deux pas, au milieu de sa placette, déserte à cette heure. Ils choisirent des fauteuils de fer, à l'ombre. L'homme aux lunettes sortit un bloc-notes. Sans Atout se méfiait un peu. Si son père n'avait pas voulu parler, il ne devait pas, lui, en dire trop. Mais il était tellement fier de jouer son rôle, qu'il donna libre cours à ses souvenirs.

Le photographe, pendant ce temps, dansait autour de lui un étrange ballet. Il se baissait,

clic... se redressait sur la pointe des pieds, clic... se laissait tomber sur un genou, clic... cherchait un autre angle, tournait, reculait, clic... Le journaliste alignait à toute vitesse les signes énigmatiques de la sténographie. Sans Atout vivait un rêve. Ce qu'il avait vu tant de fois à la télévision, pour l'arrivée d'une vedette à Orly, ou d'un ministre à l'Elysée, voilà que tout cela se déroulait, pour lui.

— Parfait ! murmurait, de temps en temps, l'homme aux lunettes.

— Souriez ! commandait le photographe.

Clic... Clic...

— En somme, personne ne pouvait entrer et pourtant le portrait est sorti. Merveilleux !... Eh bien, je vous remercie. Votre témoignage est remarquablement clair... Une cigarette ?

Sans Atout, qui ne savait plus très bien où il en était, puisa dans le paquet tendu et porta la cigarette à ses lèvres. Clic.

— Ainsi, conclut le journaliste, l'Homme à la dague serait parti par ses propres moyens. Vous ne voyez pas d'autre explication ?

— Non.

— Extraordinaire !... Vite ! Si on veut que ça passe demain !

A peine s'ils prirent le temps de lui serrer la main. Ils disparaissaient déjà au pas de course. Sans Atout, abasourdi, jeta sa cigarette et se leva. Avait-il eu la langue trop longue ? Mais quoi ! Il avait dit la vérité. Et la vérité ne peut nuire à personne !

Le lendemain fut un jour de gloire et de

malheur. *Paris-Jour* titrait, en gros caractères :

Le tableau maudit Un témoin parle

Et la photo de Sans Atout s'étalait, en première page. On le voyait de face, une jambe croisée sur l'autre, un bras nonchalamment jeté par-dessus le dossier du fauteuil, la cigarette à la bouche, l'air suffisant. « Qu'est-ce que va dire maman ? » Ce fut sa première pensée. Il se garda d'acheter le journal.

Mais, quand il monta à l'hôtel, pour déjeuner, il vit que la plupart des pensionnaires lisaient *Paris-Jour*. Ses parents l'attendaient, dans leur chambre. Le journal était déplié, sur les genoux de madame Robion.

— Tu es content de toi ? dit-elle.

— Mais, maman... ils m'ont interrogé. Qu'est-ce que tu voulais que je réponde ?

— Regarde-toi ! Cette façon de parader, la cigarette au bec... J'ai honte. Tu vois, François, on ne peut pas te laisser seul. On essaye de t'élever convenablement et puis, tout de suite, tu abuses. Tu te conduis comme ces garçons à guitare et à chemises à fleurs.

Maître Robion intervint.

— Ta mère a raison, François. Je passe sur la photo. Tu t'es ridiculisé, bon, ça t'apprendra. Mais il y a autre chose qui est impardonnable. Nous avons été reçus en amis, à la Chênaie. Les secrets de monsieur Royère ne nous appartiennent pas. S'il s'est refusé à toute déclaration, c'est qu'il a ses raisons. Tu n'as pas le droit, toi, de passer outre de ta propre autorité et de parler à tort et à travers. Tu comprends ? Le secret professionnel, c'est le respect de la vie privée des autres. Nous retournerons à la Chênaie et tu t'excuseras.

Le déjeuner fut lugubre. Sans Atout sentait tous les regards fixés sur lui. Madame Robion n'avait pas faim.

— Je peux me faire servir dans ma chambre, proposa Sans Atout.

— Non, dit maître Robion. Puisque tu es célèbre, tâche de l'être avec dignité.

Sans Atout vit arriver le dessert avec soulagement. Toutes ces épreuves lui coupaient l'appétit. Il sortit le premier, traversa la salle à manger le dos un peu voûté, rouge d'émotion. Les conversations s'arrêtaient sur son passage. Le chasseur lui ouvrit la porte avec une espèce de déférence. « Ils m'embêtent, se répétait-il ; ils m'embêtent ; moi, j'ai dit la vérité ! » Mais il n'était pas au bout de ses peines. Devant l'hôtel, stationnait une voiture de *La Montagne,* le journal local.

— Pourriez-vous nous accorder cinq minutes ? demande le reporter.

— Je n'ai rien à dire.

Un photographe apparaissait déjà, l'appareil à hauteur du visage. Clic. Sans Atout prit ses jambes à son cou, traversa le parc et se réfugia dans le bazar le plus proche où il acheta des lunettes noires.

Il se sentit mieux, ainsi protégé. Mais, quand il alla chercher son film, il dut encore supporter les commentaires du marchand. Celui-ci possédait un tableau qui tombait du mur chaque fois que mourait quelqu'un de la famille.

— Il y a tant de choses inexpliquées ! J'ai connu, à Riom, Monsieur, une vieille femme... eh bien, elle avait l'habitude de consulter le portrait de son mari, pour tout, et il lui répondait. On a beau dire, c'est vivant, la peinture !

Sans Atout écoutait, les dents serrées. Il commençait à être excédé. Il emporta le film et, par un long détour, regagna sa chambre où il s'enferma à clef.

Enfin tranquille ! Seul à seul avec l'Homme à la dague. Fiévreusement, il prépara son appareil de projection. Il ne prit même pas le temps de dérouler l'écran démontable, trop volumineux. La cloison était grise et remplacerait, vaille que vaille, la toile argentée. Volets fermés, l'obscurité était suffisante. Mise au point. Tâtonnements... Voilà... Quelques vues rapides... le parc... la façade du château... Et soudain, l'Homme à la dague parut, sembla sortir du mur. L'impression fut si vive que Sans Atout réprima un sursaut de frayeur. Le film se déroulait en sautillant légèrement si bien que le portrait bougeait vraiment. Les yeux bleus s'animaient, regardaient Sans Atout d'un air méchant. L'illusion était prodigieuse. Hélas, le film durait peu. Mais l'appareil était assez perfectionné pour qu'on pût immobiliser une image, rester sur elle assez longtemps. Alors l'Homme à la dague redevenait un tableau qu'on avait tout loisir d'étudier. Enthousiasmé, Sans Atout décrocha le téléphone et appela sa mère.

— Peux-tu venir un instant ? Je voudrais te montrer mon film. Formidable !... Eh bien, tu te reposeras après. C'est l'affaire de cinq minutes, tu sais... Oui, oui. D'accord. J'ai eu tort. Mais ça ne t'empêche pas de venir... Bon. Je t'attends.

Madame Robion arriva presque aussitôt.

— Attention ! dit Sans Atout. Il fait très noir.

Donne-moi la main. Assieds-toi sur le lit... Là, tu es prête ? Allons-y !

Et l'Homme à la dague, une fois encore, bondit dans la pièce. Madame Robion poussa un léger cri.

— Ce qu'il a l'air mauvais, chuchota-t-elle.

Sans Atout mit au point fixe.

— Tu vois comme il est grand, expliqua-t-il. Et, dans la réalité, il est encore plus grand.

Son doigt courut sur le mur en ombre chinoise et montra le bas du tableau.

— Le peintre ne l'a représenté que jusqu'à mi-corps, mais si tu lui ajoutes les jambes, tu as un personnage grandeur nature. Et regarde les plis du manteau, comme ils sont naturels... la main qui écarte l'étoffe pour saisir la dague... et surtout, bien sûr, le masque, les yeux... Est-ce que ce n'est pas d'une vérité étonnante ? Même les cheveux... Je n'avais pas remarqué, là-bas... On dirait qu'un mouvement de l'air les gonfle légèrement.

— Qui est-ce ? demanda madame Robion.

— Justement. Il paraît qu'on l'ignore. Personnage inconnu. Peintre inconnu. Sans doute le Caravage... Est-ce un grand seigneur déguisé ? Ou bien un type... tu sais... je cherche le mot... un condottiere ? En tout cas, à mon avis, un bonhomme qui ne devait pas se plaire enfermé. Et moi, ma théorie, c'est que, de temps en temps, il se donne de l'air. Tous les moyens lui sont bons, évidemment.

— Parce que tu as une théorie, mon pauvre François ! Tu m'inquiètes. Est-ce que tu joues ou est-ce que tu es sérieux ?

— Les deux, maman.

— Tu feras bien de garder ton film pour toi.

Ton père n'est pas content. Va t'amuser, mon petit François, et ne t'occupe pas de cette affaire.

Mais Sans Atout n'avait guère envie de s'amuser, et, durant quelques jours, il ne quitta sa chambre que pour aller prendre ses repas. Il restait en tête à tête avec l'Homme à la dague. Et, quand il éteignait le projecteur, dans le noir, devant ses yeux fatigués, apparaissait en vert l'image du spadassin masqué. Car, à la réflexion, c'était bien un spadassin, un de ces hommes de main comme il y en avait tant, à la Renaissance, prêts à tuer pour un ducat.

Et maintenant, il courait la campagne. Il hantait peut-être quelque ruine... Sans Atout rêvait. L'Homme à la dague devenait un bandit de grand chemin, rançonnant les voyageurs. Sans Atout avait mal au crâne, à force de ruminer le mystère de la Chênaie.

Et puis, un beau soir, comme il rejoignait ses parents dans la salle à manger, maître Robion lui dit :

— Tu vas être content. L'Homme à la dague a téléphoné.

— Quoi ?

— Il a appelé monsieur Royère, qui vient de me prévenir. J'ai rendez-vous demain, en fin d'après-midi, à la Chênaie. Tu m'accompagneras. Tu exprimeras tes regrets, par la même occasion. Et à l'avenir, tu tiendras ta langue.

Sans Atout ne répondit pas. Il avait l'esprit en ébullition. Ainsi, l'Homme à la dague prenait l'offensive.

« A nous deux, mon bonhomme ! »

Expédition nocturne

Quand Sans Atout arriva à la Chênaie, en compagnie de son père, il eut l'impression troublante de poursuivre un rêve : le château, les fleurs, le jardin, Léonard accourant pour ouvrir la grille... Tout recommençait comme l'autre jour. Rien n'avait changé. La douce lumière de cinq heures était la même. Peut-être l'Homme à la dague était-il revenu ?

Mais quand Royère s'avança à leur rencontre, Sans Atout vit bien, à son air soucieux, que le drame continuait, et même qu'il entrait dans une nouvelle phase. Le châtelain tendit les mains en un geste d'accueil.

— Je ne sais comment vous remercier, dit-il, de partager mes épreuves avec tant d'amitié.

— François voulait vous parler, répondit l'avocat. Il a commis une grave indiscrétion en se confiant à un journaliste et...

— Quelle importance ! coupa Royère. Il ne m'a causé aucun tort. L'événement nous dépasse un peu, voyez-vous. L'Homme à la dague est devenu une sorte de personnage public, comme la Joconde. Il disparaît, le monde s'émeut ; c'est normal. Je reçois des journaux étrangers... eh bien, l'émotion est aussi grande à Londres et à New York qu'à Paris. Non, mon petit François, donnez congé à vos remords. Je ne vous en veux pas. Mais, à partir de maintenant, la plus grande discrétion va être de rigueur ; voici pourquoi.

Il prit maître Robion et Sans Atout par le bras et se dirigea vers la bibliothèque.

— Hier, donc, j'ai reçu ce coup de téléphone dont je vous ai parlé. Quand j'ai entendu la voix, je vous avoue que j'ai failli lâcher l'appareil... Une voix grave, avec un fort accent italien. La voix de... l'Homme à la dague.

— Un mystificateur, dit maître Robion.

— Je ne crois pas. Attendez la suite. « Est-ce que vous tenez à me revoir ? » Je vous répète ses propres paroles. J'ai dit « oui », bien entendu. « Eh bien, si vous voulez me voir revenir, vous allez immédiatement réunir un million, en billets de 50 et de 100 francs, et vous attendrez mes instructions. »

— Mais c'est un chantage ! s'écria l'avocat.

Royère poussa des fauteuils vers ses visiteurs et s'assit derrière son bureau encombré de journaux.

— J'ai essayé de discuter. Un million, c'est une somme. Mais il fut inflexible.

— Vous auriez pu refuser.

— Ce n'était pas mon intérêt. Il vaut davantage, surtout maintenant. Il sait ce qu'il fait, allez ! J'ai donc accepté. Alors il m'a dicté ses dernières conditions : « Je vous rappellerai demain à dix-huit heures — le châtelain regarda sa montre : il était dix-sept heures quarante-cinq — et vous indiquerai l'endroit où l'argent devra être déposé. »

Royère prévint une interruption.

— L'Homme à la dague... je veux dire le portrait, sera déjà là. On nous fait confiance ! En somme, l'opération se limitera à un simple échange : prendre la toile et mettre le million à sa place. Mais la voix a ajouté : « Je veux que l'argent soit apporté par une personne offrant toute garantie. La police devra être tenue à l'écart, jusqu'à ce que l'opération soit terminée. Sinon, je disparaîtrai à nouveau, et pour toujours. »

Le châtelain s'arrêta, considéra pensivement maître Robion, puis ajouta, en baissant la voix :

— Je vous ai proposé, mon cher maître. Vous êtes connu de tous. Votre nom est synonyme d'honneur et de loyauté. Je m'excuse. J'ai été pris de court. Il me fallait répondre sur-le-champ ; j'ai pensé à vous. D'ailleurs, « il » a tout de suite été d'accord. Mais je ne veux tout de même pas vous forcer la main.

— Soit, dit l'avocat, après avoir réfléchi... Je suis en vacances. Personne ne sera mis au courant. Je veux bien... mais je n'aime guère, je l'avoue, ce genre d'affaire.

— Merci, merci. Ce matin, je suis allé à Clermont-Ferrand et j'ai réalisé la somme demandée. Elle est là. Vous vérifierez tout à l'heure.

Il montra une valise ceinturée d'une courroie.

— Il n'y a plus qu'à attendre son second coup de téléphone.

— Et quelle va être votre position vis-à-vis de votre assureur ? demanda l'avocat.

— Si je ne récupérais pas le tableau, je toucherais une indemnité très inférieure à sa valeur. Mais comme je vais le racheter, plus question d'indemnité. Je ne suis pas un homme d'argent !

— Mais, intervint Sans Atout, qui estimait que le châtelain capitulait bien vite, puisque le portrait sera déjà déposé à l'endroit qu'on doit vous indiquer, il n'y a qu'à le prendre sans donner l'argent.

Royère sourit et, s'adressant à l'avocat :

— Vous avez là un bouillant petit collaborateur !

— Bouillant... et imprudent, dit l'avocat. Non, François, les choses ne sont pas si simples. Quand il y a enlèvement — et c'est bien d'un enlèvement qu'il s'agit — on doit y regarder à deux fois. Tu as déjà entendu parler, hélas, d'enfants kidnappés. Tu sais qu'en pareil cas, on obéit toujours aux ravisseurs, pour pouvoir retrouver les enfants sains et saufs. Il en va de même aujourd'hui. Si nous essayions de tricher, si je rapportais le portrait sans avoir déposé l'argent, eh bien, un jour ou l'autre, il lui arriverait malheur. Il serait détruit. Cela ne fait pour moi aucun doute. Tu n'as pas l'air convaincu ?

— Je m'y perds, reconnut Sans Atout. L'Homme à la dague ne va pas se détruire lui-même !

— Non, bien sûr. Mais n'oublie pas qu'il y a quelqu'un qui se cache derrière l'Homme à la dague. Un voleur prodigieusement adroit et qui cherche à nous impressionner.

— Et qui y parvient parfaitement, ajouta le châtelain. Car j'avoue que je m'y perds aussi, tout comme François. Hier, j'aurais juré que j'avais bien l'Homme à la dague au bout du fil. Comme c'est curieux ! On m'aurait pris un autre tableau, je ne lèverais pas le petit doigt pour le retrouver. Mais celui-là... j'y tiens peut-être parce qu'il m'a fait du mal... je ne peux pas vous expliquer cela... peut-être aussi parce que je n'aime pas qu'on se moque de moi. Mais si...

La sonnerie du téléphone lui coupa la parole. Ils se levèrent tous les trois d'un même mouvement. Le châtelain tendit l'écouteur à maître Robion.

— Allô, oui. Monsieur Royère à l'appareil... Oui, maître Robion accepte de servir d'intermédiaire.

Sans Atout rongeait son frein, cherchant à surprendre la voix de l'homme, mais il n'entendait qu'un chuchotement confus.

— La Tour Perdue, parfaitement, je connais l'endroit, dit Royère. Cinq heures et demie demain matin ? C'est un peu tôt !

Des yeux, il consulta l'avocat qui fit un signe d'acceptation.

— Bon. Il y sera... Attendez ! Nous sommes bien d'accord... Près de l'ancienne cheminée, à droite, en entrant... Oui. Vous avez notre parole.

Maître Robion lui rendit l'écouteur. Le châtelain reposa lentement l'appareil.

— N'est-ce pas que la voix correspond merveilleusement au tableau ? demanda-t-il.

— C'est hallucinant, dit l'avocat. Mais encore une fois, pourquoi toute cette mise en scène ? Je ne cesse de réfléchir à cette affaire et je la trouve de plus en plus bizarre. Elle est loin, cette Tour Perdue ?

— A trois kilomètres d'ici, à vol d'oiseau. Je vais vous montrer.

Royère sortit une carte Michelin du tiroir de

son bureau et la déplia. De l'ongle, il marqua l'emplacement de la Chênaie.

— Vous prenez la route d'Auzances et vous tournez à droite, au premier carrefour. Ensuite, vous avez à gauche un chemin forestier. Vous le suivez jusqu'à un petit pont qui enjambe un ruisseau. Là, vous laissez votre voiture et vous longez le ruisseau jusqu'à la Tour Perdue. Autrefois, il y avait, à cet endroit, quelque bastide dont il ne reste que cette ruine.

Sans Atout ne perdait aucune de ces explications.

— Ce voleur à l'accent italien, observa maître Robion, a une connaissance bien remarquable du pays.

Sans Atout, au même instant, se fit la même objection. Comment l'Homme à la dague, à supposer que, par quelque sorcellerie, il fût capable de redevenir une créature vivante, aurait-il pu connaître la Tour Perdue, lui qui n'était jamais sorti de la Chênaie ? Allons ! Il fallait renoncer à ces jeux de l'imagination, pourtant pleins de charme. L'Homme à la dague n'était qu'un inoffensif tableau. Dommage ! La valise bourrée de billets de banque dépoétisait la belle histoire. La vérité était sordide. Sans Atout détestait ce voleur sacrilège. Il était tellement déçu, tout à coup, qu'il n'avait plus qu'une envie : rentrer à l'hôtel. Passant soudain d'un extrême à l'autre, il se retirait de la partie, s'accusait d'avoir été dupe. Il avait eu un beau jouet entre les mains et le jouet était cassé. Quelle déception !

Le châtelain débouclait la courroie et ouvrait la valise. Ce n'était que cela, une fortune : un tas de billets crasseux ! Et tant d'argent pour un morceau de toile couvert de peinture. Il y avait de quoi rire.

Le châtelain replaçait les liasses, rabattait le couvercle, remettait la courroie.

— A partir de maintenant, maître, elle est sous votre garde. Mais il vaut mieux que vous ne retourniez pas à Châtel. Vous me feriez le plus grand plaisir en acceptant une fois encore mon hospitalité. Nous dînerons de bonne heure. Vous aurez le temps de vous reposer et je vous réveillerai à cinq heures. Je crois que c'est le plus simple.

— Oui, je le crois aussi, dit maître Robion. Si vous le permettez, je donne un coup de fil à l'hôtel. Ensuite, nous prendrons nos dernières dispositions.

— Je peux aller me promener dans le parc ? demanda Sans Atout.

— Mais bien sûr, dit le châtelain.

« Je les ennuie, pensa Sans Atout. Je suis de trop. Je ne sers à rien. »

Le ciel était couvert. Sans Atout regarda du côté du Puy de Dôme. Des nuages boursouflés s'amoncelaient au-dessus de la montagne.

— On aura de l'orage demain, dit Léonard, qui passait en poussant une brouette.

« Je ne sers à rien. Je suis de trop », se répétait Sans Atout. Cela devenait un refrain, une rengaine dont il ne pourrait plus se débarrasser. Il se dirigea vers l'écurie, aperçut la jument, que les mouches harcelaient.

— Blanchette ! Bonjour, Blanchette !

La bête tourna vers lui sa tête lasse et un œil un peu trouble. Elle remua les oreilles. Sans Atout s'enhardit à lui caresser l'encolure.

— Qu'est-ce qu'on peut faire, toi et moi ?

murmura-t-il. Hein ? Rien du tout. On est deux pauvres types !

Il lui gratta le front, méditant toujours. L'idée qu'on allait enrichir un malandrin sans combattre lui était insupportable. C'était trop facile. N'importe qui s'empare d'un otage et les honnêtes gens plient aussitôt le genou ! « Non ! Moi, Sans Atout, je refuse. Et toi aussi, Blanchette. Je suis sûr que tu es d'accord. Il faut empêcher cela. Parle, bon sang. Cesse de mâcher. Tu as bien une idée. Moi, pas, ou plutôt... »

Sans Atout laissa sa main immobile sur le cou de Blanchette. Mais si... bien sûr... c'était faisable... risqué, mais faisable.

— Excuse-moi, ma petite vieille. Faut que je creuse ça. Tu vois, c'est grâce à toi que j'ai trouvé la solution.

Il revint au château et monta dans la chambre où il avait déjà passé la nuit ; sa chambre, en somme. Là, il se livra à un étrange exercice. Il se déchaussa et alla plusieurs fois du lit à la fenêtre et de la fenêtre au lit. Il y avait une zone suspecte où le plancher grinçait. Pour éviter tout bruit, il convenait d'obliquer à droite, une fois dépassé la descente de lit, de piquer vers l'armoire, de redresser parallèlement au mur, de faire cinq pas et de virer à gauche, cap sur la fenêtre.

« Je suis comme un bateau dans un champ de mines, pensait Sans Atout, chez qui le goût du jeu restait toujours très vif. Dans le noir, je devrai manœuvrer au radar ! »

Il ouvrit la fenêtre et se pencha. Il dominait la cour d'honneur et aperçut Benoît qui transportait un casier à bouteilles. Il attendit que le domestique eût disparu pour se pencher et étudier la façade. Oui, ça irait. Restait un petit problème à résoudre, mais la chance était avec lui. Il sortit dans le couloir, soupira. Si seulement son père n'avait pas eu la fâcheuse habitude de toujours s'enfermer à clef, l'opération n'aurait été qu'un jeu car maître Robion avait le sommeil profond. Heureusement que, par cette chaleur, il laisserait sûrement la fenêtre et les volets ouverts ! De l'œil, Sans Atout mesurait la distance. Environ une quanzaine de mètres. C'était beaucoup ! Si, par malchance, la pluie se mettait à tomber, il n'y aurait rien à tenter.

Ruminant son plan, il revint lentement sur ses pas. Que contenaient les meubles ? Il ne les avait même pas ouverts, la nuit où il avait dormi au château. Ils étaient vides. Diable ! Les complications commençaient à s'accumuler. Sans Atout entreprit de visiter les chambres situées dans l'autre aile, et il découvrit, dans un placard, une pile de vieilles revues. Elles feraient l'affaire. Il s'en chargea et rebroussa chemin, à pas de loup.

La cloche du dîner sonna. Vite, un peu d'eau sur les mains. Voilà ! Fin prêt ! Sans Atout rejoignit son père et le châtelain dans la salle à manger. Ils allaient s'asseoir, quand Royère se ravisa.

— La valise ! dit-il. Nous l'avons laissée dans la bibliothèque. N'est-ce pas imprudent ? Quand on pense à ce qui s'est passé l'autre soir ?

— Je cours la chercher, proposa Sans Atout.

Il traversa le grand salon. Le cadre vide n'avait pas été décroché. Il attendait le retour de l'Homme à la dague. La valise était toujours sur le bureau. Sans Atout la souleva. Elle était moins lourde qu'il ne le craignait, et il en fut très satisfait. L'expédition qu'il projetait serait peut-être plus facile que prévu. Il la rapporta et la déposa sur une chaise.

— Nous préviendrons la gendarmerie dès que vous serez de retour, disait Royère à l'avocat. Mais je doute que l'enquête progresse beaucoup.

Maître Robion se tourna vers son fils.

— Toi, François, plus de bavardages !

Sans Atout promit. Il avait bien l'intention de leur montrer ce qu'un homme résolu peut faire.

Le repas fut expédié rapidement. L'heure n'était pas aux gourmandises.

— Emporterez-vous une arme ? demanda Royère.

— Oh ! c'est inutile, dit maître Robion. Je ne risque absolument rien. Ce n'est pas la première fois que je suis mêlé à une affaire de ce genre, et il n'y a jamais de complications. Donnant, donnant. L'otage d'un côté, la rançon de l'autre. Les deux parties n'ont pas intérêt à se tromper.

— Tu es sûr que tu ne verras pas le voleur ? interrogea Sans Atout.

— Sûr ! Pourquoi se montrerait-il ? Il sera peut-être dans les environs et me surveillera, pour s'assurer que j'apporte bien la valise, mais je ne le rencontrerai certainement pas.

— Et... si tu ne déposais que la moitié, par exemple, de la somme exigée ?

— Il a notre parole !

« Mais moi, pensa Sans Atout, je n'ai pas donné la mienne. Ça change tout ! »

Il reprit du fromage. Il devait soigner sa forme, car la nuit serait rude. Il ne prêta plus qu'une oreille distraite aux propos des deux hommes et monta le premier se coucher. Mais il s'étendit tout habillé sur le lit. Pas question de dormir ! Il ne tarda pas à entendre, dans le couloir, les pas lourds du châtelain et ceux, plus discrets, de son père. La porte de la chambre voisine, celle qu'occupait M. Royère, se ferma ; puis l'autre. Et une clef tourna bruyamment ; maître Robion prenait ses précautions.

Sans Atout, en chaussettes, s'engagea dans le chenal qu'il avait repéré et atteignit la fenêtre sans avoir provoqué le moindre grincement. Il ne pleuvait pas. La lumière brillait dans les deux chambres et projetait sur le sol de la cour deux longues traînées de clarté. Sans Atout voyait nettement, à un mètre au-dessous de lui, la corniche qui ornait la façade ; elle paraissait plus étroite qu'en plein jour mais elle offrait un appui solide. La chaleur était étouffante. Un temps à laisser les fenêtres largement ouvertes.

La lumière s'éteignit dans la chambre de maître Robion. Le châtelain, lui, semblait disposé à veiller. Pas plus que l'avocat, il n'avait tiré ses volets. Impossible de passer devant chez lui tant qu'il ne serait pas endormi. Une légère brise agita, dans le parc, les feuillages des chênes. Sans Atout frissonna et s'aperçut qu'il était en sueur. L'attente devenait insupportable. Il se replia en direction du lit et s'allongea. Une heure ! Il faudrait bien patienter une heure ! Mais au bout d'un moment, Sans Atout sentit s'alourdir ses paupières. Il essaya de se réciter des vers de La Fontaine. Il avait la gorge sèche et son courage faiblissait peu à peu. De la corniche au sol, il y avait bien trois mètres ; peut-être quatre !

... *qui te rend si hardi de troubler mon breuvage...* plutôt quatre ! Une chute serait dangereuse. On se reçoit mal, dans l'obscurité.

... *si ce n'est toi, c'est donc ton frère..*

Oh ! Et puis, la barbe. Il fallait agir tout de suite, même si les risques étaient plus grands. Sans Atout, à tâtons, traversa encore une fois la chambre. Le châtelain avait éteint. La nuit était noire, sans une étoile, sans un reflet.

Sans Atout enjamba le rebord de la fenêtre, se retourna sur le ventre et lança une jambe, un pied, en reconnaissance. La corniche était là. On pouvait s'appuyer dessus sans crainte. Lentement, Sans Atout, face au mur, se mit debout. Il avait vu, maintes fois, à la Télévision, des alpinistes progresser latéralement, la joue contre le rocher, les bras étendus, comme pour saisir la montagne à plein corps. Il suffisait maintenant de les imiter.

Le pied gauche de Sans Atout suivit la saillie de pierre, chercha une position efficace. Jambes écartées, le garçon interrogea tous ses muscles. Pas de raideur ? Pas de panique ? Alors il pesa sur sa jambe gauche et rappela à lui sa jambe droite. Le premier pas était fait ; celui qui coûte le plus.

Une dizaine d'autres pas l'amenèrent devant la fenêtre du châtelain. C'était l'endroit dangereux, mais Sans Atout, très maître de lui, silencieux comme un chat, franchit l'obstacle. Il s'arrêta quelques secondes pour souffler, son front brûlant frôlant le mur. Puis il reprit son chemin aérien, de plus en plus à l'aise, de plus en plus sûr de ses mouvements.

Il arriva enfin à la fenêtre de son père, qui était, comme l'autre, grande ouverte. Il écouta. Aucun bruit. Rien de plus facile que de passer une jambe dans la chambre, puis l'autre. La respiration du dormeur était forte, rassurante. Sans Atout se mit à quatre pattes et progressa vers le lit. La valise était probablement à portée de la main, sur une chaise. Les doigts de Sans Atout pianotaient dans le vide. Ils rencontrèrent quelque chose de mince et de rond. Oui, c'était le pied d'une chaise. Ils montèrent, montèrent... et voilà la valise. Sans Atout se redressa, saisit la poignée. Impossible de repartir à quatre pattes avec ce bagage. Le parquet gémit... un petit craquement bref... la respiration du dormeur changea de rythme. « Pardon, papa, pensa Sans Atout. Ce n'est pas moi, le voleur. C'est l'autre. Il ne faut pas confondre ! »

Il reprit sa marche à l'aveuglette. La brise qui entrait par la fenêtre lui traçait un chemin de vent. Il reprit pied sur la corniche. Mais là, les difficultés commencèrent. Le poids de la valise mettait son équilibre en péril, le tirait vers le vide. Il ne disposait plus que d'une main pour adhérer à la paroi. Sa respiration s'accélérait. Mauvais, cela ! S'il s'essoufflait, il dévisserait (1). Il n'avait pas de compagnon de cordée, lui. Ni de piolet, ni de crampon. Une fois de plus, son seul atout était la réflexion. Voyons, il s'était encombré la main droite, stupidement, alors qu'elle était, des deux, la plus intelligente, la plus débrouillarde. Il importait de la libérer. Au prix d'une gymnastique épuisante parce qu'exécutée au grand ralenti, à

(1) Se dit d'un alpiniste qui perd l'équilibre et tombe.

l'aide de mouvements calculés pour éviter toute secousse, il fit passer la valise de la main droite dans la main gauche. Dans cette nouvelle position, la valise touchait le mur et, au moindre déplacement, le râclait. Mais le vent soufflait plus fort ; les arbres du parc faisaient entendre cet ample bruit de déversoir qui est la voix des forêts. Sans Atout progressa d'une dizaine de mètres, dépassa la fenêtre du châtelain et soudain s'immobilisa.

Le châtelain marchait. Il traversait la chambre. Tout près de Sans Atout et un peu au-dessus de lui, les bras de Royère apparurent, confusément. Ils avaient l'air de chercher quelque chose. Ils saisirent les volets et les fermèrent d'un coup sec. Le vent avait sans doute réveillé le châtelain, qui s'était levé, encore tout engourdi. Sans Atout l'avait échappé belle.

Sa chance ranima son énergie. Il reprit sa route hasardeuse et hissa enfin la valise dans sa chambre. Un petit rétablissement et il retomba sur la pointe des pieds, en souplesse. La première partie de l'expédition était achevée.

Allumer la lampe de chevet, enlever la courroie, vider sur le lit le contenu de la valise, remplacer les billets de banque par de petits tas de vieilles revues convenablement répartis, c'était chose facile et agréable. Sans Atout ne s'attarda pas à contempler le monceau de liasses. Il les roula dans le couvre-pied et poussa le tout sous le lit. Puis, attentivement, il souleva la valise. Elle pesait sensiblement le même poids. Il la referma et replaça la courroie. Il n'y avait plus qu'à retourner là-bas, au bout de la corniche, pour la remettre à sa place, sur la chaise.

Sans Atout s'accorda un long moment de repos. Il était un peu fatigué. Allongé sur le dos, il réfléchissait. Au fait, pourquoi prenait-il tant de risques ? Pour mettre en échec le voleur ? Oui, bien sûr. Pour sauver le million de monsieur Royère ? Pour prouver à son père qu'il n'était plus un gamin ? Tout cela aussi, c'était vrai. Mais il y avait une autre raison, si secrète qu'elle en devenait informulable. L'Homme à la dague... Sans Atout voulait le ramener vivant, en quelque sorte... prisonnier... Il était en proie au démon de la chasse. L'Homme à la dague avait fui, grâce à un moyen ignoré de tous. Eh bien, grâce à un tour de passe-passe, Sans Atout allait le contraindre à revenir. Ruse contre ruse. Le plus malin aurait le dernier mot.

Il était presque minuit. Sans Atout empoigna la valise et, quelques minutes plus tard, il se glissait le long de la façade. Les nuages s'étaient déchirés. La lune se montrait par intervalles, ce qui compliquait la tâche du garçon. D'abord, on pouvait le voir. Mais surtout il voyait, lui. Il pouvait mesurer la profondeur du vide, sous ses pieds. Il avait beau se répéter : « Ça ne fait pas plus de quatre mètres, au maximum », la lumière de la lune, insidieuse, creusait la distance ; le sol se perdait, très loin. Sans Atout flottait en plein ciel, comme un funambule bizarre. Heureusement, le parcours lui était devenu presque familier. Il arriva sans trop de mal au bout de sa traversée.

L'avocat dormait toujours paisiblement. Sans Atout atteignit silencieusement la chaise et se débarrassa enfin de la valise. L'équipée s'achevait. Le retour n'était plus qu'une formalité. Sans Atout, maître de ses deux mains, le cœur léger et l'esprit en repos, regagna sa chambre sans difficulté et se coucha avec un soupir de soulagement. Il s'endormit aussitôt.

Quand il s'éveilla, sa montre marquait sept heures. Il s'habilla en hâte et descendit. Un bruit de voix le conduisit au grand salon. Il s'arrêta sur le seuil. L'Homme à la dague était là. Ils échangèrent un regard aigu, comme deux duellistes.

— Vous pouvez vous approcher, François. C'est bien lui, dit le châtelain. Grâce à votre papa que je ne saurais assez remercier.

— Bah ! Une simple promenade, dit maître Robion. Le plus difficile a été de repérer cette Tour Perdue. Quand on ne connaît pas, on est tout bête.

— Et tu n'as rencontré personne ? demanda Sans Atout.

— Personne, je te l'avais dit. Le tableau se trouvait à l'endroit indiqué. Je n'ai eu qu'à faire l'échange, et voilà.

Royère tournait autour du portrait, posé sur un fauteuil, l'examinait de près, de loin, de face, de trois quarts.

— Il n'a pas souffert, murmurait-il. Pas une égratignure. J'avais peur.

— Vous avez vu comment il était emballé, reprit l'avocat. Il ne risquait vraiment rien. Souhaitons, maintenant, qu'il ne quitte plus ce mur. Et à ce sujet, si vous me permettez un conseil, à votre place, je ferais mettre partout des dispositifs de sécurité.

— C'est précisément mon intention, dit Royère. Dès que je le pourrai. Pour le moment, j'ai besoin de remonter d'abord mes finances. Après un coup pareil !...

Sans Atout éclata de rire.

— J'ai une surprise pour vous, monsieur Royère, s'écria-t-il. Attendez-moi ici.

Il s'élança, gravit l'escalier d'un élan, se précipita dans sa chambre et fit du couvre-pied et des billets un baluchon qu'il jeta sur son épaule. Quel coup de théâtre ! Il rata deux marches et faillit tomber. Hors d'haleine, il étala devant son père et le châtelain la couverture qui contenait le trésor.

— C'est la rançon, dit-il. Tout est là.

Les deux hommes semblaient pétrifiés.

— Cette nuit, expliqua Sans Atout, j'ai remplacé les billets par de vieilles revues.

— Tu as fait ça ! dit l'avocat.

Le ton était si dur que Sans Atout perdit toute son assurance.

— Voler un voleur, bredouilla-t-il. C'est permis, non ?

L'avocat se tourna vers le châtelain.

— Je n'aurais jamais dû l'amener avec moi, dit-il. Et pourtant, je suis prudent, d'habitude.

— Mais papa...

— Tais-toi. Va m'attendre dans la voiture.

— Je t'assure que...

— Ça suffit ! Tu ne fais que des bêtises. Tu ne comprends pas que c'est Monsieur Royère qui est en danger, maintenant, par ta faute. Un voleur volé, comme tu dis, est particulièrement redoutable. Tu nous mets dans une situation impossible.

— Pourtant...

— Pas un mot de plus ! Nous réglerons ça tout à l'heure. Allez, file !

Un étrange geôlier

Sans Atout était partagé entre la colère et l'humiliation. S'être donné tant de mal, pour se faire rabrouer de cette façon ! Il avait bien eu, de temps en temps, l'impression fugitive qu'il s'occupait de ce qui ne le regardait pas, mais quoi ! Il avait agi avec un désintéressement total, pour le bien du châtelain. Ce qu'il avait fait, personne n'aurait pu le faire à sa place. Non, c'était trop injuste. Il en aurait pleuré. Il claqua méchamment la portière de la voiture et prit sa figure butée des mauvais jours quand son père le rejoignit.

— Tu boudes, ma parole ! s'écria l'avocat. C'est un comble !

Lui aussi était furieux. Il emballa le moteur et manœuvra sèchement, pour sortir de la propriété. Sur la route, il ralentit et regarda son fils.

— Veux-tu me dire comment tu t'y es pris, pour remplacer les billets, alors que la porte de ma chambre était fermée à clef ?

— Je suis passé par la corniche.

— La corniche ?... A l'extérieur ?... Mais tu es

complètement fou. Tu pouvais te casser les reins.

Il se rangea sur l'accotement et stoppa.

— François... Mettons les choses au point, veux-tu ?... Ce tableau t'a tourné la tête... Si, si. Je t'observe. J'ai eu ton âge, tu penses. C'est le mauvais âge ! On veut raisonner comme un homme mais on a les émotions d'un enfant. Est-ce que tu te rends compte ? En pleine nuit, faire de l'équilibre sur une corniche large comme ma main !... Pas un mot à ta mère, hein.

— Mais... Monsieur Royère est bien content, lui.

— Ah, tu crois ça ! Sache, petit imbécile, qu'il est terrorisé... Voyons, François, un peu de bon sens. Ce voleur, dont l'intelligence et l'audace sont exceptionnelles, ne va pas rester sur un échec. Il nous a fait confiance et il a été roulé. Il va forcément riposter. Et, cette fois, c'est au malheureux Royère qu'il s'en prendra. Comment ? Je n'en sais rien. Mais, à cause de toi, la guerre est déclarée. Et nous aurons de la chance s'il ne s'attaque pas à nous par la même occasion. Essaye de comprendre : pour lui, j'ai cessé d'être un intermédiaire neutre. J'ai pris parti. Je me suis conduit comme un adversaire. Alors, c'est fini. Puisque la négociation a échoué, il aura recours à la violence. Voilà où nous en sommes !

Sans Atout, écrasé, se taisait.

— Je ne veux pas t'accabler, reprit maître Robion. Mais tu as de la chance que je ne sois engagé dans cette affaire qu'en voisin et en conseiller bénévole... sinon !... Bref, je te défends de sortir de Châtel-guyon. Mets-toi dans la tête que la situation est sérieuse. Je peux compter sur toi ?

— Oui, papa.

L'avocat reprit la route. Sans Atout, dans son coin, méditait amèrement. Un voleur est un voleur, que diable ! Pourquoi tous ces ménagements ? Sans Atout restait persuadé que son père était trop pessimiste. Battu, le voleur ne s'y frotterait plus. On n'entendrait plus jamais parler de lui. D'abord, son complice, l'Homme à la dague, était maintenant sous les verrous. Le châtelain, avec son million retrouvé, allait transformer la Chênaie en forteresse. Des circuits électriques partout... des sonneries... des serrures incrochetables. Sans Atout rêva d'une maison-coffre-fort, aux portes et aux fenêtres blindées. Il fallait prononcer un mot de passe pour aller d'une pièce dans l'autre. Tout cela n'était qu'un jeu, qui ne faisait pas oublier la blessure d'amour-propre. Même pas un remerciement, en échange de tant d'argent sauvé.

« Je laisse tomber ! », pensa Sans Atout. Qu'ils se débrouillent sans moi. »

— Alors ? demanda madame Robion.

— Tout est réglé, dit l'avocat.

— Le tableau est revenu ?

— Oui. Mais si j'étais Royère, je le vendrais.

— Et toi, François, comment es-tu ? As-tu seulement dormi ? Tu es bien pâlot. Je ne suis pas fâchée que cette affaire soit terminée. Je vois bien que ton imagination travaille.

— Non, non, dit Sans Atout. C'est fini.

Et la vie reprit comme avant, du moins en apparence. Sans Atout respectait sa promesse. Il ne s'éloignait pas de Châtel-guyon. De temps en temps, il filmait une petite scène, autour des sources. Ou bien il lisait, comme un curiste désœuvré. Il attendait les journaux, qui parlaient toujours de l'énigme de la Chênaie. Les reporters avaient annoncé le retour au château de l'Homme à la dague ; mais, ignorant dans quelles conditions exactes s'était opéré ce retour, ils en étaient réduits au petit jeu des hypothèses. Certains parlaient de rançon versée, avançaient des chiffres extravagants. Le nom de maître Robion était parfois cité, à la grande fureur de l'avocat, mais sans qu'on attribuât jamais à celui-ci un rôle bien défini dans l'aventure. Et Sans Atout imaginait, pour le plaisir, l'article qu'il aurait pu écrire, lui qui connaissait si bien le dessous des cartes.

Un adolescent audacieux s'empare du million du bandit.

Bravant le danger, en pleine nuit, à plusieurs mètres au-dessus du sol, le long d'une étroite corniche...

Mais à quoi bon. Puisqu'on ne voulait pas reconnaître son mérite, puisqu'on lui défendait de dire la vérité. Il fallait donc se résigner à être ignoré. Et Sans Atout, ressassant sa disgrâce, parcourait mélancoliquement le parc du Casino. Parfois, il s'asseyait près de sa mère, à l'ombre des marronniers.

— Tu erres comme une âme en peine, disait madame Robion. Pourquoi ne prends-tu pas ta bicyclette ? Ce ne sont pas les promenades qui manquent.

Il ne pouvait pas répondre : « Papa me l'a interdit ! »

Alors, il invoquait quelque mauvais prétexte.

— Une autre fois, je t'enverrai à Kermoal, reprenait madame Robion. Tu fais tout, ici, pour m'être désagréable.

Il était une victime. C'était intolérable. Aux repas, il ouvrait à peine la bouche. Maître Robion, lui non plus, n'était pas loquace. Il évitait soigneusement toute allusion au châtelain. L'Homme à la dague était devenu un sujet tabou. Mais, quand le docteur Dodin venait à l'hôtel, où il avait de nombreux clients, maître Robion le prenait souvent à part pour des conciliabules qui duraient fort longtemps. Que se passait-il au juste, à la Chênaie ? Un jour, madame Robion, innocemment, aborda le sujet.

— Que devient donc ce monsieur Royère ? Je n'entends plus jamais prononcer son nom.

— Oh ! Il se remet tout doucement de ses émotions, dit l'avocat. Avant de rentrer à Paris, nous irons le saluer.

— J'aimerais bien voir sa propriété... de loin, naturellement. On pourrait peut-être passer devant, en voiture, et jeter un coup d'œil sans le déranger.

— C'est bien facile.

— Tu n'as pas l'air très emballé.

— Je suis un peu embarrassé, en effet. Je sais, par le docteur Dodin, que monsieur Royère veut me faire un cadeau, pour me remercier du service que je lui ai rendu. (Regard appuyé vers Sans Atout.) Et moi, je ne veux rien accepter, pour diverses raisons. (Nouveau regard.) C'est pourquoi cela n'ennuierait de le rencontrer maintenant. Mais il ne nous est pas interdit, évidemment, de longer la propriété. Il y a un endroit d'où l'on découvre tout le

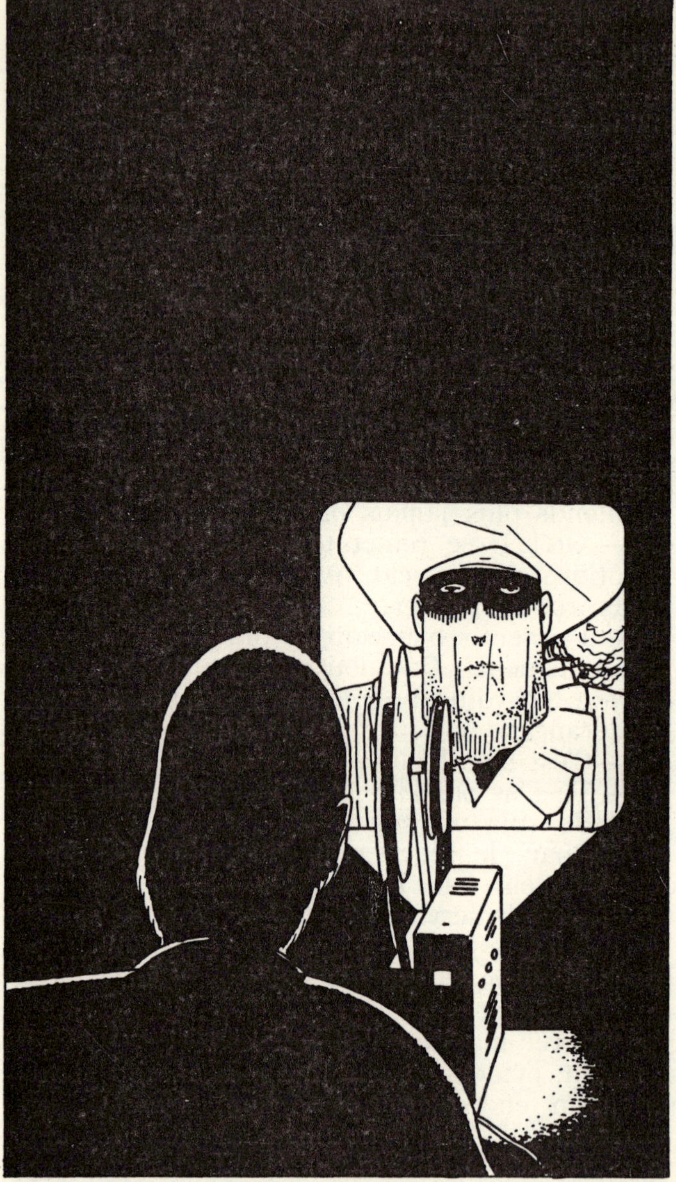

château. Nous pourrons sortir en fin d'après-midi, quand tu auras pris ton eau.

— Moi aussi ? demanda Sans Atout

— Naturellement, dit madame Robion.

Sans Atout dissimula sa joie de son mieux. Il avait une telle envie de revoir la Chênaie ! Ce n'était plus pour lui une belle demeure qu'on admire distraitement, mais l'endroit où il avait fait la preuve de son adresse et de son sang-froid, quelque chose comme la face nord du Dru ou le versant sud des Grandes Jorasses.

Aussi, après le déjeuner, il se retira dans sa chambre et, pour le plaisir, se donna le spectacle de l'Homme à la dague. C'était vraiment un excellent petit film. Il le passa plusieurs fois. Maintenant, il y avait, entre l'Homme à la dague et lui, une espèce de lien d'amitié, comme entre deux adversaires qui ont croisé le fer et montré leur force. Chacun avait trouvé son maître en l'autre. Le moment était venu de faire la paix et de parler.

« Comment as-tu pu t'évader du salon alors que portes et fenêtres étaient fermées ? »

« Et toi, comment as-tu pu reprendre le million à l'insu de tous ? »

La malice, qui pétillait dans les yeux de l'Homme à la dague, brillait aussi dans le regard de Sans Atout. « Nous sommes deux acrobates », pensa le garçon, en rouvrant les volets. Il rangea son matériel, changea de costume, se peigna soigneusement, pour éviter tout reproche.

La D.S. était arrêtée devant l'hôtel.

— Eh bien, dit maître Robion, toujours en retard !

— Oh ! fit madame Robion, quelle cravate

as-tu mise ? Regarde, mon pauvre enfant, comme tu es fagoté !

— Bah ! s'écria gaiement Sans Atout. On est en vacances !

Il s'assit au fond de la voiture et, pour la première fois, s'intéressa au paysage. Des pentes, des escarpements, de longues échappées sur le plat pays, entre des bouquets d'arbres, et, bleu, dans le lointain, comme un Mont Saint-Michel plus sauvage, le Puy de Dôme.

« Pas mal, appréciait-il. Un peu trop boisé à mon goût. Trop de chemins creux. Cela sent l'embuscade. » Il était facile d'imaginer la diligence arrêtée, des pistolets braqués aux portières, et le chef, sur un cheval nerveux, ordonnant aux voyageurs de descendre. L'Homme à la dague avait peut-être été, en son temps, un Mandrin ou un Cartouche.

— Voilà la Chênaie, dit maître Robion.

Madame Robion se pencha.

— Je m'attendais à voir un vrai château, dit-elle, avec des tours, des créneaux. Quand François en parle, on se représente une forteresse.

— François exagère toujours. C'est plutôt une maison seigneuriale, mais elle a grand air. Le docteur Dodin prétend que... tiens, justement, je reconnais sa voiture, là-bas. Royère serait-il malade ?... Qu'est-ce que c'est que cet attroupement, à la grille ? Cécile, Léonard, Benoît... et Dodin lui-même.

Le docteur reconnut la voiture de l'avocat et fit de grands gestes.

— Qu'est-ce qu'il y a encore de cassé ? murmura maître Robion, en virant dans l'allée qui menait à la Chênaie.

Le docteur accourait et, avant même que la D.S. fût arrêtée, cria :

— Royère a disparu !

Sans Atout se sentit pâlir. Mais déjà l'avocat descendait, et le docteur le prenait par le bras, l'entraînait vers les domestiques, qui semblaient accablés.

— Il est parti ce matin, vers neuf heures, expliquait le médecin. Il a pris son tilbury, comme d'habitude.

— Je l'avais pourtant prévenu, dit maître Robion.

— Il n'est pas rentré pour déjeuner. C'est Benoît qui m'a téléphoné tout à l'heure. A mon avis, il faudrait maintenant prévenir la gendarmerie. Un pareil retard n'est pas normal. Il lui est sûrement arrivé quelque chose.

Madame Robion descendit à son tour de la D.S. et s'avança vers le groupe. Sans Atout, atterré, n'osait pas se montrer mais tendait l'oreille pour tâcher d'en apprendre un peu plus long.

— Sa santé ne vous donnait pas d'inquiétude ? demanda maître Robion.

— Non, pas du tout, répondit le docteur. Il était quelquefois préoccupé, un peu sombre, même, mais, tous ces temps, je le trouvais plutôt mieux. Il avait fait venir de Clermont-Ferrand un spécialiste et il étudiait des moyens de protection perfectionnés pour mettre la maison à l'abri des cambrioleurs. Ce projet l'intéressait énormément.

— Du côté du cheval ? Rien à craindre ?

— Blanchette ? La douceur même. Elle n'est plus à l'âge où un papier qui vole provoque un écart.

— Si, pour une raison quelconque, monsieur Royère s'était attardé volontairement, il aurait prévenu ?

— Sûrement, dit Benoît. Le cas s'est déjà présenté, deux ou trois fois.

— Il n'a pas reçu, avant son départ, une lettre ou un coup de téléphone qui pourrait expliquer son retard ?

— Non, dit Cécile. C'est moi qui apporte le courrier. Hier, je n'ai vu passer que des journaux. Et le téléphone n'a pas sonné de la journée.

Elle s'essuya les yeux d'un revers de manche.

— Mon idée, ajouta-t-elle, c'est que le monstre, là-bas, a encore fait des siennes.

Tout le monde comprit qu'elle parlait de l'Homme à la dague.

« Papa avait raison, pensait Sans Atout. Je suis responsable de ce qui arrive. »

Et il voyait le châtelain saignant sur la bruyère. L'émotion l'étranglait. Il étouffait de chagrin.

Soudain, Léonard poussa un cri.

— Le voilà !

Toutes les têtes se tournèrent vers le sous-bois qui s'étendait à droite du château. Blanchette apparaissait, marchant sagement ; mais le tilbury était vide. Déjà, Léonard ouvrait la grille toute grande. La jument, à l'approche de l'écurie se mit à trotter, tirant en silence la voiture aux roues caoutchoutées. Léonard saisit Blanchette au mors.

— Doucement, ma belle. Là !

— Il y a un billet épinglé au siège ! cria le docteur.

Ce fut Benoît qui le détacha et il recula aussitôt, comme si le tilbury était devenu une chose dangereuse. Le docteur lut à haute voix :

Je n'aime pas qu'on se moque de moi.
L'Homme à la dague

Maître Robion se pencha sur le papier. L'écriture était la même que celle du précédent billet.

— C'est stupide, murmura-t-il.

Mais, malgré lui, il se tourna vers le château, et tout le monde l'imita.

— Je l'ai encore vu tout à l'heure, quand j'ai traversé le grand salon, dit Cécile.

— J'y vais, décida le docteur.

Il remonta l'allée d'un pas vif, et les autres suivirent, entraînés peut-être par la contagion de la peur.

Sans Atout, oublié dans la D.S., sortit sans bruit de la voiture et fit le tour du tilbury. Aucune trace suspecte. La peinture, brillante, ne présentait pas la moindre éraflure. Le siège était net. Les guides avaient été nouées avec soin à la manivelle du frein. Visiblement, on n'avait pas voulu qu'elles traînent à terre et empêchent Blanchette d'avancer. Le châtelain avait sans doute été victime d'une agression à quelque distance du tilbury, et son adversaire, une fois le malheureux réduit à l'impuissance, avait pris son temps pour écrire le billet et l'épingler au coussin. Royère avait-il rendez-vous avec le criminel ? Ou bien un obstacle inattendu l'avait-il obligé à descendre du tilbury et l'attaque avait-elle eu lieu à ce moment-là ? Ou bien encore s'était-il simplement promené en quelque endroit familier, où se tenait à l'affût un ennemi parfaitement au courant de ses habitudes ? On pouvait tout supposer. Un point, du moins, était acquis. L'agresseur avait fait confiance à Blanchette. Il savait que la bête reviendrait docilement au château.

Sans Atout sentait qu'il y avait là un élément utile, et il en devina brusquement l'importance : puisque Blanchette avait effectué seule le trajet du retour, pourquoi n'effectuerait-elle pas seule le trajet de l'aller ?

Attention ! Ne pas s'emballer sur une idée folle. Voyons : le châtelain faisait régulièrement de longues promenades et quelqu'un avait dit... peut-être Léonard, peut-être Benoît... Sans Atout avait oublié... quelqu'un avait dit que la jument connaissait tous les itinéraires et que son maître la laissait souvent aller à son gré... Si maintenant il ramenait l'attelage à l'entrée du sous-bois et s'il rendait à Blanchette sa liberté, est-ce qu'elle n'irait pas tout droit jusqu'au lieu où elle venait déjà de conduire son maître ?

Personne en vue, du côté de la maison. Sans Atout prit la jument au mors, comme l'avait fait Léonard, et tira. La bête se mit en marche. Il l'amena sous les arbres et grimpa dans le tilbury. Quand ses parents reviendraient, ne le voyant plus, ils imagineraient le pire, évidemment. Surtout après la disparition du châtelain. Mais si, grâce à Blanchette, Sans Atout pouvait retrouver l'endroit de l'enlèvement, s'il pouvait mettre la gendarmerie sur une piste, on lui pardonnerait bien volontiers son initiative insolite. Puisqu'il était responsable des malheurs de M. Royère, c'était à lui d'agir. Il n'hésitait jamais longtemps.

— Allez, Blanchette. Ho ! Ho !

La jument agita les oreilles et se mit en route. Quelques minutes plus tard, il n'était plus question de s'orienter. Le tilbury roulait en forêt, sur un tapis de feuilles mortes. Il y avait bien, du côté du couchant, une lumière rougeâtre qui filtrait entre les arbres, mais le sentier sinuait capricieusement et le soir semblait venir de toutes parts au-devant de Sans Atout.

Blanchette avançait d'un pas régulier. Elle offrait un curieux spectacle, vue de haut. On ne distinguait que son dos et ses flancs, et, loin en avant, ses oreilles qui remuaient sans cesse. Sous la peau, il y avait des muscles et des os qui fonctionnaient comme de souples mécaniques ; les sabots tapaient régulièrement, comme les coups de piston d'un diesel lointain. Sans Atout n'avait qu'à fermer les yeux pour se croire en bateau. Le tilbury oscillait sur des racines, se balançait sur ses ressorts un peu mous, avec un bruit compliqué de cuir, de bois et de métal. Mais ce n'était pas le moment de s'abandonner à une rêverie qui, en d'autres circonstances, aurait été bien attrayante.

Le chemin forestier traversait des carrefours d'où partaient des allées creusées d'ornières profondes qui se perdaient dans le mystère. Avec le crépuscule approchait l'effroi. « J'ai peut-être eu tort », songea Sans Atout. Mais il se rassura quand la voiture déboucha sur une petite route. On restait donc en pays civilisé. Il vit même une ferme dans un creux, et un troupeau de vaches conduit par une gamine. Puis la route enjamba un petit pont en dos d'âne et la fraîcheur qui montait de l'eau courante glissa comme un frisson sur les mains et les joues du garçon.

Et ce fut à nouveau la forêt et son silence. La

jument marchait avec décision. Il y avait autour d'elle une petite buée qui sentait le poil chaud et le foin. Elle n'allait pas très vite, peut-être quatre kilomètres à l'heure. Quelle distance avait-elle parcourue ? Sans Atout s'embrouilla dans ses calculs. Il avait oublié de regarder l'heure, au départ. De toutes façons, maintenant, il était trop tard pour reculer. L'ombre montait, peu à peu, des taillis. Les premières étoiles brillèrent entre les frondaisons. Blanchette ralentit.

— Eh bien, Blanchette. Hue !

Elle s'arrêta, leva la tête, comme un chien qui flaire des odeurs voyageuses.

— Pas de ça, Blanchette. En avant !

Elle se remit en marche. Sans Atout n'était plus du tout fier de lui. Il avait misé sur une idée qui était peut-être complètement fausse. Où le menait Blanchette ? Et si elle décidait, brusquement, de ne pas aller plus loin ! S'il lui fallait passer la nuit en pleine forêt ! Sans Atout était un citadin, qui aimait bien la nature mais préférait encore les rues, les lumières, le bruit de la foule en marche. Il se sentait perdu.

La jument obliqua et passa devant une cabane délabrée. Etait-ce là ? Non. La lente promenade ne s'interrompit pas, et le paysage se modifia bientôt. Le tilbury sortait de la forêt et s'engageait sur une lande caillouteuse. Le châtelain avait su choisir les sites les plus sauvages pour ses promenades solitaires. Mais Sans Atout préférait encore la lande à la forêt. Un reste de jour laissait voir, à droite, des jachères qui s'inclinaient vers une vallée. Le chemin ne tarda pas à prendre de la pente. Il descendait même assez fortement et la nuit cerna la voitu-

re. Encore des arbres, et soudain de l'herbe car le tilbury se stabilisa et le bruit du roulement cessa.

Sans Atout ne distinguait plus qu'avec peine le dos mouvant de la jument qui faisait encore une tâche claire. Au fond du silence, coulait une rivière. Il y avait, çà et là, des brouillards qui tendaient comme une impalpable toile d'araignée d'humidité. Puis les ressorts recommencèrent à grincer. Les sabots de Blanchette battirent un sol dur, qui résonnait. Comment la bête pouvait-elle choisir sans erreur sa route dans tout ce noir ? Le bruit de l'eau se rapprochait. Le murmure du courant, le long des rives, se faisait de plus en plus net. Des branches basses grattèrent les flancs de la voiture, comme des mains cherchant à palper et à saisir.

Sans Atout n'aimait pas du tout cela, mais la présence vivante et chaude de la jument l'aidait à conserver un peu d'assurance. A condition toutefois de ne pas penser à l'Homme à la dague et à ses maléfices. Il fallait se dire : « il » est là-bas, « il » n'a pas pu sortir de la Chênaie. Il fallait se jurer qu' « il » était loin, pour braver l'obscurité et ses embûches.

Le tilbury fit un crochet ; le ciel étoilé reparut et Sans Atout se sentit moins abandonné. Les étoiles aussi étaient ses amies. Elles donnaient un sens à l'espace et semaient des repères sur la sombre route.

Un bâtiment s'élevait, droit devant eux. Le tilbury s'engagea sur une sorte d'esplanade et Blanchette s'arrêta. Danger ! Des murs, cela signifiait peut-être le guet-apens, le piège prêt à se refermer. Sans Atout mesura l'étendue de son imprudence. Bien sûr, son idée était bonne :

la preuve ! Blanchette était revenue à l'endroit où son maître avait disparu. Tandis que la gendarmerie s'évertuait sans doute à barrer les routes et à questionner d'innocents voyageurs, lui pouvait déjà dire : « Monsieur Royère est là. » Car il était forcément là.

Mais, seul, que pouvait faire Sans Atout ? Ou bien monsieur Royère était blessé, mort peut-être. Ou bien il était prisonnier. Le retrouver ? Et puis après ?

Sans Atout n'osait plus bouger. Il épiait la façade obscure. Un croissant de lune montait dans le ciel et la disposition des lieux s'esquissait en traits sommaires. Le tilbury était dans une vaste cour, envahie par de hautes herbes. Cour de moulin, d'usine, de laiterie ? Le bâtiment paraissait très important, mais ne devait plus servir à rien, sinon la cour aurait été mieux entretenue. Mais il était urgent de mettre le tilbury hors de vue. Sans Atout descendit et poussa une petite reconnaissance. Au fond, on rencontrait un mur. A droite, il y avait des tas de débris, une espèce de décharge où il valait mieux ne pas s'aventurer. A gauche, c'était le moulin. Il s'agissait certainement d'un ancien moulin car on entendait comme un léger bruit de cascade. Le déversoir ne débitait presque plus rien ; les eaux étaient trop basses. Autrefois, elles devaient faire tourner des machines.

Sans Atout prit Blanchette au mors. Elle poussa un bref hennissement.

— Chut ! Tu vas annoncer notre arrivée.

Il lui fit faire demi-tour. Des feuillages remuaient, indiquant une alignée d'arbres. Tâtant le sol du pied, il chercha un tronc où attacher Blanchette. Ensuite, il dénoua les guides, non sans mal, et s'en servit comme d'une amarre. Il passa une main amicale sur le cou de la bête.

— Reste tranquille. Attends-moi là. Sage, hein ?

Il s'éloigna, se retournant fréquemment. Le tilbury était complètement invisible. Il s'avança jusqu'à toucher les murs du moulin et s'aperçut alors que la bâtisse était en très mauvais état. La première fenêtre qu'il rencontra était maintenue fermée par deux planches clouées en croix. Les volets pourrissaient dans l'herbe. Levant la tête, il vit le ciel à travers le toit. Il explora tout le rez-de-chaussée et découvrit un appentis, ou plutôt un petit hangar encombré de vieilles caisses et de deux carcasses de camionnettes. Il marchait avec précaution, s'attendant à buter sur le corps inanimé du châtelain. Mais il ne fit aucune rencontre inquiétante. Poussant plus loin, il contourna le moulin et s'arrêta brusquement.

Il y avait de la lumière au premier étage. Il fallait des yeux très accoutumés à l'obscurité pour distinguer la lueur presque imperceptible qui filtrait à la jointure des volets. Mais aucun doute : le châtelain devait être enfermé là-haut.

Sans Atout s'appuya au mur. Il étouffait de peur et de joie. Le prisonnier n'était certainement pas seul. Comment lui faire savoir que la délivrance était proche ?

Sans Atout, rapidement, se représenta le plan des lieux. Toute la partie du moulin qui regardait la rivière était en ruine. Mais l'aile au pied de laquelle il se trouvait était en bon état. Comment y pénétrer ? Sans conviction, il tourna la poignée d'une porte. Les verrous étaient mis.

Et toutes les fenêtres du rez-de-chaussée étaient garnies de barreaux. Grimper ? La nuit était trop noire pour qu'il pût distinguer les aspérités du mur. Sans Atout se rappela les caisses. Il revint dans le hangar et se mit à fureter. Victoire ! Une échelle était suspendue à des pitons. Il la décrocha, s'assura de sa solidité ; elle tenait bon. Alors, il la cala sur son épaule et rebroussa chemin.

Un instant, il craignit qu'elle ne fût pas assez longue. Mais elle montait jusqu'à la fenêtre du premier. Il respira un bon coup et commença à gravir, silencieusement, les échelons.

Il était décidément voué aux exercices périlleux ! En effet, parvenu aux derniers degrés, il n'avait plus rien pour se tenir et devait s'accrocher aux pierres pour maintenir l'équilibre. A sa droite, il y avait une autre fenêtre, qui, d'en bas, lui avait paru obscure. Mais, maintenant qu'il en était tout près, il découvrait aussi un mince filet de lumière, à la charnière des volets. Il aurait donc deux endroits pour plonger ses regards dans la pièce, qui devait servir autrefois d'entrepôt.

Il se pencha vers la première fenêtre et colla son œil à l'interstice qu'il avait repéré. Sous lui, l'échelle tremblait ; tout d'abord il ne vit rien. Il chercha une position à peu près stable et s'écrasa le front contre le bois, pour amener son œil au ras de l'ouverture.

Royère était bien là.

Prisonniers

Royère était assis sur un vieux divan, la tête entre les mains, et semblait poursuivre une méditation lugubre. La fenêtre était, comme celles du rez-de-chaussée, garnie d'épais barreaux ; l'un d'eux interceptait en partie la vue et Sans Atout ne découvrait qu'une étroite partie du grenier, un coin de plancher poussiéreux et une table sur laquelle étaient posés un morceau de pain et une cruche.

Sans Atout se décolla légèrement du mur pour se reposer. Ses jambes, surmenées, étaient douloureuses. Gratter aux volets, signaler sa présence par un bruit quelconque, même le plus discret, il n'y fallait point songer. La seule solution était de remonter dans le tilbury et de revenir à la Chênaie pour donner l'alarme. Pourtant Sans Atout n'en avait pas encore fini. Qui gardait le châtelain ? Qui était le mystérieux bandit ? Il se pencha vers la fenêtre de droite, mais il avait beau tirer sur ses épaules, s'étendre, se tordre le cou, se pencher sur un pied au risque de tomber, il était trop loin. Maudissant le temps perdu, il dut descendre, déplacer l'échelle, remonter. Il trouva enfin la bonne position, se tortilla encore un peu pour être à la hauteur exacte de la fente, et regarda.

Le tableau était devant lui... L'Homme à la dague... Le masque, le manteau rouge... Sans Atout ferma les yeux. Non ! Non ! C'était impossible. Le tableau ne pouvait pas être à la fois là-bas et ici. Ou bien, il avait été enlevé en même temps que le châtelain ! Il regarda de nouveau. Par un bizarre effet d'éclairage, l'Homme à la dague paraissait sorti de sa toile. La position de sa tête, aussi, était insolite. Elle était tournée vers la gauche, donc vers la partie du grenier où se tenait Royère.

« Je rêve, pensa Sans Atout. Je suis fatigué. » Le châtelain sous la garde de son tableau ! Et cependant...

Sans Atout se recula un peu pour examiner plus attentivement le volet. N'y avait-il pas, quelque part, un autre interstice, moins étroit ? Mais le seul endroit lumineux était à la charnière du gond. Il aspira l'air comme un plongeur et, le nez tout contre le métal, souffle suspendu, il essaya d'observer mieux. Est-ce que les lèvres de l'Homme à la dague ne venaient pas de bouger ? Ah ! Cette fois, il en était sûr. Et tout à coup, l'Homme à la dague fit un pas en avant, puis un autre. Le reflet rouge de son manteau se déplaçait.

L'Homme à la dague s'avançait vers la fenêtre. Ses yeux brillaient comme des saphirs.

Sans Atout se rejeta en arrière et n'eut que le temps de se baisser pour attraper les montants de l'échelle. Eperdu, une jambe dans le vide, complètement déséquilibré, il faillit hurler. Il empoigna les barreaux, descendit si rapidement qu'il manqua le dernier et engagea son pied entre l'échelle et le mur. Il ne comprit pas très bien ce qui arriva. Sans doute accrocha-t-il le montant en voulant se libérer ? L'échelle dérapa, racla les volets et s'abattit lourdement le long de la muraille, tandis que le garçon restait étendu sur le ventre, tellement épouvanté qu'il n'avait plus la force de se relever.

Il entendit un grand bruit dans le moulin, se mit à genoux. La fenêtre s'ouvrit violemment ; l'Homme à la dague, éclairé par derrière, se découpa en noir, formidable, derrière les barreaux. Sans Atout s'enfuit, la terreur au ventre. Il n'avait plus qu'une idée : le tilbury. Mais déjà il ne se rappelait plus par où il était venu. Il ne retrouvait plus la cour.

Le bruit de la cascade était tout proche, maintenant. Un petit pont de bois sonna creux sous ses pas. Il se retourna et vit la silhouette lancée à sa poursuite. Il repartit au hasard. La rivière brillait à sa gauche ; il s'en rapprocha d'instinct, parce que c'était, dans la nuit hostile, une présence amie. Il atteignit les saules du rivage, se blottit derrière l'un d'eux et, une main pétrissant son cœur, l'autre s'appuyant à l'écorce rêche qui lui meurtrissait les doigts, il attendit.

L'ombre de l'Homme à la dague, déformée par les pans du manteau que sa course faisait flotter, passa sur le sentier, dans un bruissement d'herbes foulées. Elle s'arrêta bientôt. L'Homme écoutait. Il tournait lentement sur lui-même, à l'affût. La lumière mourante du clair de lune éclaira son masque sombre, les trous vides de ses yeux, jeta un éclat sur la lame du poignard dégainé. Sans Atout se recroquevillait, à bout d'espérance.

Guidé par quelque effluve, l'Homme à la dague revint en arrière, s'arrêta encore. Il était à quelques pas seulement, immobile, arbre parmi les arbres. Il savait que le fugitif s'était caché, qu'il n'était pas loin et qu'il ne tarderait pas à se trahir. Sans Atout sentait qu'il était perdu. Ses nerfs ne tiendraient pas. Il pensa à sa mère, si loin, à son père, qui aurait trouvé, lui, un moyen de conjurer le danger.

Et soudain, un de ses pieds dérapa sur la terre molle. Un caillou roula sur la berge et tomba dans l'eau avec un éclaboussement qui rompit brutalement le silence. L'Homme à la dague se retourna vivement. Sans Atout, débusqué, se précipita à travers le taillis et, retrouvant le sol ferme, courut de toutes ses forces, buta dans une racine, partit en avant. Il lui sembla que sa tête éclatait et il perdit connaissance.

Quelqu'un se plaignait doucement, et Sans Atout comprit soudain que c'était lui. Il ouvrit les yeux et cessa de gémir. La tête lui faisait mal. Il la tâta et la trouva entourée d'un pansement.

— Ça va mieux ?

Cette voix, tout près de lui ! Toutes ses frayeurs se ranimèrent. Il hurla.

— Ne me touchez pas !

— C'est moi. N'ayez pas peur, mon petit. Je suis M. Royère.

Et le châtelain s'approcha, se pencha au-dessus de Sans Atout.

— Vous me reconnaissez ?

— Oh oui... oui... Est-ce que je suis blessé ?

— Un peu étourdi. Mais ça va passer.

— Quelle heure est-il ?

— Près de minuit.

— Et... lui ? Où est-il ?

— Chut. Nous sommes ses prisonniers, tous les deux. Ici, c'est le Moulin du Pendu.

Sans Atout commençait à retrouver ses esprits. Il s'assit, reconnut le vieux divan, la table, les poutres, le grenier qu'il avait vu de l'extérieur. La pièce était très grande, nue et poussiéreuse. Une trappe se découpait dans le plancher. Entre les deux fenêtres, posée sur un escabeau, réflecteur regardant le plafond, une puissante lanterne électrique éclairait étrangement les murs, comme un clair de lune lui aussi prisonnier.

— Il m'a frappé ? demanda Sans Atout.

— Je ne sais pas. La trappe s'est soulevée et vous avez été poussé sur le plancher. C'est moi qui vous ai pris et mis sur le divan. Avec mon mouchoir et la pochette de mon veston, j'ai confectionné un pansement de fortune. Mais rassurez-vous. Vous n'avez qu'une grosse bosse au front et à peine une écorchure. Comment êtes-vous arrivé jusqu'ici ?

— Grâce à Blanchette.

Et Sans Atout raconta au châtelain la suite des événements, depuis son arrivée à la Chênaie.

— Mais alors, dit Royère, ma pauvre jument est toujours à l'attache, sans rien à manger !

Il était bouleversé. Le sort de Blanchette semblait lui importer plus que sa propre vie.

— Brave bête, répétait-il. Brave bête. Qu'est-ce qu'elle doit penser de moi. Elle qui est si bien soignée !

Il se laissa tomber sur le divan, accablé.

— C'est un monstre, murmura-t-il. Rien ne l'arrêtera. Il est capable de tout. Ah ! Pourquoi êtes-vous venu vous jeter dans la gueule du loup !

— Mais enfin, qu'est-ce qu'il veut, au juste ?

— Ce qu'il veut ? Tout ! Ma fortune ! Ma ruine ! Ma vie, si j'essaie de résister. C'est un ennemi implacable, et qui me guette depuis longtemps. Si je savais, seulement, à qui j'ai affaire. Mais non. Il a pris le déguisement de l'Homme à la dague pour dissimuler son visage et pour mieux me torturer. Et c'est vrai. Il y a des moments où je perds la tête. Je finis par croire que c'est une créature de cauchemar, comme si le portrait était capable de se dédoubler.

Le châtelain s'absorba un instant dans une rêverie désolée.

— J'aurais bien dû écouter votre père, reprit-il. Mais comment aurais-je pu penser qu'on oserait s'attaquer à moi ! Depuis quelques jours, j'avais recommencé à sortir. J'ai besoin de grand air. J'aime tellement ces promenades en voiture ! Je suis un vieil ours, un peu perdu dans ses souvenirs. Blanchette connaît mes goûts. Elle choisit les endroits les plus retirés, qui sont aussi les plus beaux. C'est elle qui a découvert ce moulin. En plein jour, le site est charmant. Hier, je lui ai dit : « On va au moulin. » Elle m'a donc amené ici. Je suis descendu ; j'ai flâné un moment. Je pensais qu'il serait peut-être amusant d'acheter ce moulin qui ne tente personne, et de le restaurer pour en faire un pied-à-terre discret. Je pensais à mille choses vagues et plaisantes... et puis j'ai été frappé par derrière ; pas très fort, je dois le reconnaître, mais assez pour m'évanouir. Je me suis retrouvé ici, sur ce divan. L'Homme à la dague était debout près de moi. Quel choc ! Quand il a vu que je revenais à moi, il a disparu par cette trappe. Je suis resté plus d'une heure, en proie à une terreur que j'étais incapable de maîtriser. La réaction nerveuse, vous comprenez ! Et puis je me suis calmé, peu à peu. J'ai fait le tour de ce grenier. J'ai ouvert la fenêtre et éprouvé la solidité des barreaux. Alors il s'est mis à parler, sous la trappe, et je vous assure que cette voix qui sortait du sol aurait effrayé le plus brave. C'était la voix que j'avais déjà entendue au téléphone. « Refermez cette fenêtre, disait-elle. On vous entend marcher. Si vous cherchez à fuir, vous serez abattu. Retournez au divan. » J'ai obéi, bien sûr. Quelques minutes plus tard, la trappe s'est entrouverte et un papier a été poussé sur le plancher.

— Une lettre ?

— Oui... Ou plutôt un simple billet, dont j'ai retenu tous les mots : « Vous m'avez trompé. Je veux l'argent en le tableau. Répondez. » Le mot « et » avait été souligné de trois traits.

Sans Atout était suspendu aux lèvres du châtelain. Il avait oublié sa triste situation. L'étrangeté de l'aventure le captivait.

— Et alors ? demanda-t-il.

— Alors, dit Royère, je pris mon porte-mine et j'écrivis, en lettres majuscules : NON. Puis je frappai du talon sur la trappe qui s'entrebâilla. Le billet disparut. Je m'attendais au pire. Il ne se passa rien. Mais l'ennemi veillait. Je dis l'ennemi. En réalité, ils sont peut-être plusieurs. C'est un point que je n'ai pas pu élucider. Toujours est-il que je me levai et que, très doucement, sur la pointe des pieds, j'essayai d'aller à nouveau jusqu'à la fenêtre. Tout de suite, je fus rappelé à l'ordre, et sur quel ton ! « Retournez au divan ! Immédiatement ! » Ce que je fis sans discuter. Mais ma situation devenait intenable. Dans une prison, on peut marcher. On n'a pas l'impression d'être observé sans cesse. Moi, j'étais lié à ce divan. Bientôt, je perdis patience. Je frappai le plancher à grands coups de talon. La trappe se souleva et un autre billet apparut. Il contenait la même phrase. « Je veux l'argent en le tableau. » Comme la première fois, mais en caractères plus gros, je répondis : NON. L'heure du déjeuner passa. J'avais très soif et j'aurais bien mangé quelque chose. Mais la trappe restait close. On voulait me réduire par la privation de nourriture. Je calculai mes chances. Bien sûr, je pouvais me jeter sur la fenêtre pour obliger l'adversaire à se montrer, mais j'étais hors d'état de soutenir un combat. Je ne suis plus assez robuste. Ce n'est pas que la mort me fasse peur. Après les épreuves qui m'ont frappé ! C'est simplement que je déteste la violence. D'un autre côté, si je m'obstinais dans mon refus, peut-être bien que je me condamnais. L'homme est pressé, mon petit François. Il sait que le temps travaille contre lui.

— C'est ce que j'allais dire, s'écria Sans Atout. A l'heure qu'il est, on nous recherche.

— Chut ! Plus bas. Il nous écoute.

— Papa a prévenu la police. Elle doit ratisser toute la région.

— Si vous connaissiez mieux le pays, vous ne parleriez pas ainsi, murmura tristement le châtelain. Pendant la guerre, c'était plein de maquisards, par ici. Et les Allemands n'ont jamais pu les débusquer. Il y a trop de cachettes.

Les bois sont trop épais... Bien sûr, à la longue, le moulin sera repéré et fouillé, mais il sera trop tard. Pour vous finir mon récit, j'examinai donc toutes les hypothèses. Et je me résignai à parlementer, à marchander, si vous préférez. Tout l'après-midi, le petit jeu de la trappe continua.

« — Le million et le tableau. »

« — Non. le tableau et 100 000 francs. »

« — Le tableau et 800 000 francs. »

« — Non. Le tableau a pris de la valeur. 150 000 francs. »

« — 700 000 dernier mot. »

« A mesure que cette négociation ahurissante durait, je reprenais espoir. L'adversaire n'était pas intraitable. Et puis, je l'avoue, mon ancien métier me remontait au cœur. Toute ma vie, j'ai été obligé de ruser, pour acheter et vendre des objets d'art. J'oubliais presque — et même j'oubliais tout à fait — que cette querelle de maquignons avait pour enjeu ma propre existence. Ma dernière réponse fut :

« — Le tableau et 200 000 francs. »

« Nouveau billet :

« — Le tableau et 600 000 francs. »

« — Non. »

« Il y eut un répit qui dura presque une heure.

« A un billet menaçant :

« — Vous ne sortirez pas d'ici vivant. »

« Je répondis :

« — Ça m'est égal ! »

« Le moment délicat était arrivé. Dans une négociation, il y a toujours un instant où il faut aller jusqu'au bord de la rupture. J'attendais.

— Et alors ?

— Eh bien, la nuit tomba. Et puis, tout à

coup, la trappe s'ouvrit toute grande et l'Homme à la dague parut, portant cette grosse lanterne qui nous éclaire maintenant. Je crus ma dernière heure arrivée. Il posa la lampe sur la chaise, et la lumière, renvoyée par le plafond, retombait sur lui d'une manière fantastique. Il avait tout calculé pour m'impressionner.

« — Causons, dit-il. Vous n'avez pas l'air de comprendre que vous êtes en mon pouvoir. »

« Il avait toujours cet affreux accent italien qui, en d'autres circonstances, aurait fait sourire, mais qui donnait, au contraire, à ses paroles quelque chose de sinistre. Cependant, je rassemblais toutes mes forces pour garder bonne contenance.

« — J'estime, lui dis-je, que 200 000 francs, c'est suffisant. »

« Il faillit s'emporter, grommela des injures, puis changea brusquement de ton.

« — Monsieur Royère, vous oubliez que vous m'avez trompé, avec la complicité de vos amis. Or, je ne suis pas un aventurier de bas étage. Je suis l'Homme à la dague.

« Je haussai les épaules. Il fit quelques pas, puis, s'approchant de moi, il mit sur la table un paquet de cigarettes, sans doute en signe de bonne volonté, et reprit :

« — Je suis l'Homme à la dague... le vrai. Je ne vous demande pas une rançon, mais le prix de ma liberté. Vous n'entendrez plus parler de moi. C'est pourquoi je répète : le tableau et 600 000.

« — Non.

« C'est juste à ce moment-là que nous avons entendu ce grand bruit, à l'extérieur.

— L'échelle ! dit Sans Atout.

— Eh oui ! Il courut à la fenêtre. Il me tournait le dos. Si j'avais eu vingt ans de moins, j'aurais pu essayer de m'échapper. Mais à mon âge on réfléchit trop, ce qui est une façon un peu lâche d'être fataliste. Peut-être ai-je laissé passer ma chance. Bref, vous connaissez la suite.

Sans Atout avait les larmes aux yeux.

— C'est ma faute, dit-il. C'est à cause de moi que vous êtes ici. Si je n'avais pas remplacé les billets...

— Vous avez cru bien faire, dit le châtelain. Je ne vous en veux pas, François. D'ailleurs, vous aussi, vous êtes ici. Et cela résout la question.

— Je ne vois pas comment.

— Mais si. Je suis prêt, maintenant, à accepter les conditions de l'Homme à la dague. Je n'ai plus le droit de discuter.

— A cause de moi ! Jamais de la vie !

Le châtelain mit son bras autour des épaules de Sans Atout.

— J'aime les garçons fiers, dit-il. Mais la fierté n'est plus de mise. Chaque heure qui passe augmente nos risques. Comprenez que nous ne pouvons pas nous échapper. Comprenez aussi que les secours ne se manifesteront pas avant longtemps. Et lui, n'attendra pas. C'est l'argent ou la mort.

— Les gens ne sont pas si méchants !

— C'est vrai, François. Du moins, c'est ce que je croyais, moi aussi, quand j'avais votre âge. Mais l'expérience m'a enseigné qu'il y a beaucoup d'hommes à la dague. C'est pourquoi je ne veux pas que celui-ci vous fasse du mal.

— 600 000 francs... et le tableau, soupira Sans Atout.

Le châtelain sourit tristement.

— Quelle importance ! murmura-t-il. Que je serve au moins à quelque chose.

— Vous me pardonnez ?

— Cher François ! Vous êtes un garçon selon mon cœur. Bien sûr, que je vous pardonne. Ne perdons plus de temps.

Il se leva et, du poing, assena sur la trappe quelques coups violents.

— J'accepte, cria-t-il. Le tableau et l'argent.

La voix assourdie de leur geôlier répondit aussitôt.

— Je veux parler au signor Robion.

— A toi ! souffla le châtelain. Et ce tutoiement d'amitié bouleversa Sans Atout.

A son tour, il se pencha au-dessus de la trappe.

— Vous êtes un lâche ! Vous êtes ignoble ! Mon père vous fera arrêter.

— Si vous continuez, dit la voix, je vais exiger davantage.

De rage, Sans Atout tapa du pied et le coup retentit douloureusement dans sa tête. Le châtelain lui adressait des signes de détresse.

— Qu'est-ce que vous me voulez ? bredouilla Sans Atout, hors de lui. Comment savez-vous qui je suis ?

Il entendit ricaner, sous ses pieds.

— Je sais tout, dit la voix. Je sais que vous êtes un petit imbécile plein d'orgueil. Vous allez me servir d'intermédiaire, ça vous apprendra... Vous m'écoutez ?

— Oui.

— Bon. Au petit jour, vous retournerez à la Chênaie, dans le tilbury. Vous ferez connaître mes conditions : le tableau et l'argent. Mais vous ne révélerez pas l'endroit du nouveau rendez-vous que je vais vous fixer.

Sans Atout regarda le châtelain et fit un geste d'impuissance. D'un signe, Royère lui conseilla de se soumettre.

— Où ? demanda Sans Atout.

— Jurez d'abord.

— Je jure.

— Sur l'honneur.

— Sur l'honneur.

— Bien. Vous vous rendrez avec le tableau et l'argent au Saut du Moine.

— Je ne connais pas le pays.

— Moi, je sais, intervint le châtelain.

— A la bonne heure, dit la voix qui devint gouailleuse. On est raisonnable. Et bien, vous expliquerez au signor Robion où se trouve l'endroit. Il y a là une cabane de cantonnier. L'argent et le tableau seront déposés à l'intérieur.

— Quand ?

— A cinq heures de l'après-midi. Le signor Robion viendra seul. La cabane est située sur un plateau dénudé. L'endroit sera surveillé. Si, par malheur, le signor Robion se faisait accompagner, on ne reverrait plus le prisonnier. Si, au contraire, le contrat est respecté, le prisonnier sera relâché dans les deux heures qui suivront. Compris ?

— Compris, dit Sans Atout. Mais comment irai-je au Saut du Moine ? A pied ?

Il y eut un assez long silence. Ce fut le châtelain qui le rompit.

— Est-ce que je peux faire une suggestion ?

— Allez. On vous écoute.

— Il est certain que les gendarmes sont à la Chênaie. Je propose d'écrire une lettre qui leur sera remise par François. Je leur expliquerai la situation. C'est moi qui leur recommanderai de ne pas bouger. Je propose aussi que maître Robion amène son fils, le tableau et l'argent à proximité du Saut du Moine.

Nouveau silence.

— Vous ne risquez rien, reprit Royère puisque je serai toujours votre prisonnier.

— Je me méfie de cet avocat, dit la voix. Il a déjà montré qu'il pouvait trahir.

— Ce n'est pas vrai, cria Sans Atout. C'est moi qui...

Le châtelain lui mit la main sur la bouche et chuchota :

— Laisse-moi parler !

— Puisque l'endroit sera surveillé, continua-t-il, vous pourrez vous assurer facilement que maître Robion sera seul avec son fils, et...

— Non, coupa la voix, irritée. Je maintiens mes conditions. Je suis d'accord pour la lettre, mais je refuse que maître Robion, ou quiconque, s'approche de la cabane. Maître Robion arrêtera sa voiture à la sortie du bois de La Courtine, et son fils fera le reste du chemin à pied.

— Mais c'est encore très loin du Saut du Moine, près de deux kilomètres !

— Ça suffit. Je vous passe du papier. Reculez-vous.

La trappe se souleva légèrement. Une feuille de papier glissa sur le plancher ; cependant, la voix reprenait, plus agressive que jamais :

— Précisez à maître Robion qu'il devra se rendre à la Courtine par la départementale 237.

Vous connaissez le chemin. Et qu'il n'en emprunte aucun autre, sans quoi...

La trappe retomba.

— Mon pauvre enfant ! murmura Royère, j'aurais voulu t'épargner cette épreuve. Au fond, n'importe qui pourrait déposer la rançon. Il n'y a aucune raison pour que ce soit justement toi. Mais le bandit veut garder l'avantage jusqu'au bout. Un vieil homme ! Un jeune garçon ! Evidemment, la gendarmerie se gardera bien d'intervenir.

Il ramassa la feuille et se mit aussitôt à écrire, lisant son texte à mesure :

Prière de remettre à François Robion le portrait de l'Homme à la dague et une somme de 600 000 francs, à prendre sur l'argent qui se trouve dans le bas de la bibliothèque ; Benoît et Léonard connaissent la cachette. Inutile d'interroger François. Il a juré le secret. Il doit déposer tableau et billets à cinq heures de l'après-midi en un certain endroit où on viendra les prendre. Ensuite, on me rendra la liberté. Surtout, il ne faut pas que la police cherche à intervenir, de quelque manière que ce soit. Sinon, ma vie serait en danger.

Voici, pour maître Robion, qui est autorisé à accompagner son fils durant une certaine distance, quelques précisions relatives au trajet qu'il devra emprunter à l'exclusion de tout autre.

Il suivra la départementale 237, en direction d'Auzances, jusqu'au cinquième croisement. Là, il tournera à droite et roulera pendant six kilomètres. Il trouvera, encore à droite, un chemin forestier qui le conduira au lieu-dit La Courtine. Il s'arrêtera sous les arbres et attendra sans bouger le retour de son fils.

Je supplie qu'on obéisse strictement à ces ordres. Pour le moment, je suis bien traité. Et je signe...

Le châtelain se relut, fit la grimace.

— C'est si mal écrit qu'on aura du mal à me déchiffrer. Mais enfin, l'essentiel y est.

Il alla s'agenouiller à côté de la trappe.

— Voici la lettre.

La trappe s'entrouvrit et une main prit la lettre. Royère revint s'asseoir sur le divan. Il soupira.

— Mon pauvre François ! Heureusement que nous sommes au bout du cauchemar. Tu n'auras pas peur ? Dis-toi bien que tu ne seras pas menacé. Il tiendra parole. C'est son intérêt. Il ne deviendrait dangereux qui si on tentait quelque chose contre lui.

— Mais qui est-ce ? demanda Sans Atout. Je ne cesse de me poser la question.

— Moi aussi. C'est tout le monde. C'est n'importe qui. Voilà justement ce qui est affolant. Si j'avais un soupçon précis, je serais beaucoup plus maître de moi. Mais je suis en présence d'une ombre, de... l'Homme à la dague, et j'en suis malade, à la longue. A y bien réfléchir, c'est probablement quelqu'un que j'ai connu autrefois, peut-être un ancien client. Mon métier me mettait en rapport avec des gens de toutes sortes, et quelquefois avec des escrocs.

Il y eut du bruit, du côté de la trappe, et la voix s'éleva :

— Ça va, mais ajoutez que je veux l'argent dans un sac à dos, un grand sac de touriste.

— Pourquoi un sac à dos ?

— Pour que le signor Robion conserve les mains libres. Il en aura besoin pour porter le tableau.

— Je n'ai pas de sac.

— Eh bien, le signor Robion en achètera un.

La lettre reparut, poussée sur le plancher, et le châtelain ajouta un post-scriptum.

— Décidément, cet homme pense à tout, soupira-t-il.

Il ne croyait pas si bien dire.

— Maintenant, reprit la voix, vous allez indiquer au signor Robion le chemin qu'il devra suivre.

— C'est facile, dit Royère. Juste après le bois de La Courtine, la route fait un coude et un sentier s'amorce à gauche. C'est ce sentier qu'il faut prendre. Il monte, débouche sur le plateau et le traverse sur une distance d'environ quinze cents mètres. Il suffit de le suivre et on tombe sur le vallon du Saut du Moine. La cabane est là. On ne peut s'égarer.

— Très bien, dit la voix. Réveil à cinq heures. Le cheval et la voiture seront dans le hangar. On a donné à manger au cheval. Dormez, maintenant, j'en ai assez de vos messes basses.

— Voilà qui est tout à fait rassurant, murmura le châtelain. Un homme qui songe à soigner un cheval n'est pas un véritable criminel. Tu vas te reposer un peu. Mais, avant, montre ton front.

Il déroula le pansement, examina l'ecchymose.

— Une fameuse bosse, mais rien de plus. Allonge-toi sur le divan. Je prendrai l'escabeau.

Et Sans Atout, vaincu par la fatigue et l'émotion, ne tarda pas à s'endormir.

Des coups, frappés violemment sous le plancher, le tirèrent en sursaut du sommeil. Le châtelain l'aida à se lever.

— En forme ? demanda-t-il. Pas trop, hein ? Ne perds pas la lettre, surtout. Rappelle-toi que je vais compter les heures.

La trappe se rabattit avec fracas, démasquant les premières marches d'un grossier escalier de bois.

— Va, maintenant. Bonne chance, mon petit.

Le châtelain embrassa Sans Atout et le poussa doucement vers l'ouverture. Sans Atout descendit, prit pied dans une pièce obscure, devina une porte en face de lui, par où entrait l'odeur du matin. Il fit quelques pas, à tâtons, et se retrouva dans la cour du moulin. Pas un bruit. L'homme était certainement là, tout près, embusqué. La menace aux reins, comme le canon d'un pistolet. Sans Atout s'approcha du hangar. Blanchette l'attendait, et secoua ses harnais quand elle le reconnut. Il la prit par la bride et la mena jusqu'au chemin, puis monta dans le tilbury.

— Allez ! Blanchette. Vite !

Mais la jument n'était jamais pressée. Commença le long voyage, dans les brumes de l'aube, dans les sous-bois mouillés où parfois un lapin filait, en zigzags effarés. Sans Atout sain et sauf, libre, la tête claire, réfléchissait. Sans nul doute, il revenait à la Chênaie sur une défaite, et cette idée lui était insupportable. Mais il avait beau tourner et retourner le problème, il devait se rendre à l'évidence : l'Homme à la dague était, cette fois, maître du jeu. Pas possible d'imaginer une riposte, sans mettre le châtelain dans un péril mortel. Le tableau et l'argent allaient disparaître. Et tout cela par sa faute ! Par sa faute !

L'inspiration lui vint, au moment où les toits de la Chênaie se montrèrent, parmi les arbres. Mais si, il pouvait encore tenter quelque chose. A condition d'agir en secret et de ne pas perdre une minute. Ah ! L'Homme à la dague ne s'attendait pas à celle-là !

En quelques secondes, Sans Atout mit son plan bien au point. Ça tenait parfaitement ! La grille était grande ouverte ; il avait presque le sourire quand Blanchette prit le petit trot pour franchir le seuil de la propriété.

Une ruse de Sans Atout

Il y avait un hélicoptère sur la pelouse et des voitures à longue antenne devant le château. Des gendarmes. La D.S. de maître Robion. « Drôle de comité d'accueil ! pensa Sans Atout. Qu'est-ce que je vais entendre ! »

— Les voilà ! cria une voix.

On accourait. Un C.R.S. casqué, botté, arrêta Blanchette. Sans Atout sauta à terre.

— Pas de mal ? interrogea l'homme. Et monsieur Royère, où est-il ?

Mais maître Robion arrivait, escorté d'un capitaine de gendarmerie. Il prit son fils aux épaules, le regarda longuement, sourit pour cacher son émotion, puis le serra contre lui.

— Viens, jeune idiot. Viens nous raconter.

Et il ajouta, tout bas :

— J'ai menti à ta mère. Je t'expliquerai.

Un instant plus tard, Sans Atout était dans la bibliothèque, entouré d'uniformes, de visages inconnus, bombardé de questions, tandis que le docteur Dodin lui tâtait le crâne, lui palpait le front, préparait une compresse.

— Je voudrais bien une tasse de café, dit-il. J'ai eu une nuit mouvementée.

— Appelez Cécile, ordonna le capitaine de gendarmerie à un de ses hommes, et laissez-nous seuls.

Sans Atout expliqua d'abord comment il avait eu l'idée d'utiliser Blanchette pour trouver l'endroit où le châtelain avait été enlevé.

— Excellent ! dit le capitaine. Voilà un garçon qui ne manque pas de ressources.

Sans Atout vit bien que son père n'appréciait pas du tout le compliment. Il n'en continua pas moins son récit avec assurance.

— Il s'agit d'un moulin abandonné avec des barreaux aux fenêtres, une vraie prison... le Moulin du Pendu.

— Je connais, dit le docteur.

— Moi aussi, fit l'officier. Tenez !

Il s'approcha du bureau où une vaste carte d'état-major était déployée et désigna un point à maître Robion.

— C'est à sept kilomètres environ, à vol d'oiseau.

Et se tournant vers Sans Atout :

— Ensuite ?

Le garçon raconta l'épisode de l'échelle.

— Et alors, j'ai vu l'Homme à la dague. Il surveillait M. Royère. Il m'a entendu. Il a couru à la fenêtre.

— Pardon, dit le capitaine, l'Homme à la dague ? Vous voulez dire le portrait ?

Sans Atout regarda l'officier, puis son père. Leurs visages exprimaient une même inquiétude.

— C'est aussi quelqu'un de vivant, protesta-t-il. La preuve, c'est qu'il m'a poursuivi. Si je n'avais pas couru pour lui échapper, je n'aurais pas cette bosse.

— Quelqu'un t'a poursuivi ? demanda l'avocat.

— Oui... lui... l'Homme à la dague. J'ai eu peur. J'ai fait tomber l'échelle en descendant trop vite. Il a ouvert les volets. Il m'a vu fuir et il s'est lancé à ma poursuite.

— Tu veux dire, reprit maître Robion, très doucement, qu'un homme dont tu as juste aperçu la silhouette a essayé de t'attraper ?

— Ce n'était pas une silhouette. Je l'ai bien reconnu, avec son masque et son long manteau rouge. Il avait même sorti sa dague.

L'avocat chuchota quelques mots à l'oreille du docteur qui lâcha ciseaux et gaze pour saisir la tête de Sans Atout.

— Voyons, mon petit François, du calme. Vous n'avez pas mal... là... et là ?

— Non, non, s'écria Sans Atout. Je n'invente rien. Je vous assure que l'homme du moulin était habillé exactement comme l'Homme à la dague.

— Et ensuite ? dit le capitaine.

— Je suis tombé... ma tête a heurté un caillou, je suppose. Et j'ai repris connaissance dans la pièce où était enfermé monsieur Royère.

— Et là, dit le capitaine, vous avez eu tout le temps de voir en détail cet individu déguisé ?

— Non. Je ne l'ai pas vu. Il nous parlait en se tenant sous une trappe.

Et Sans Atout se rendit compte, brusquement, que chaque détail se retournait contre lui ; que, plus il avançait dans son histoire, plus il avait l'air de mentir ou de divaguer. Et le temps passait. Il était maintenant plus de sept heures.

— Il faut me croire, supplia-t-il. D'ailleurs,

j'ai cette lettre. Et elle est bien de la main de monsieur Royère.

Il fouilla dans sa poche, donna la lettre à l'officier, qui la parcourut et la tendit à maître Robion.

— C'est peu lisible, dit le capitaine.

— On y voyait mal, reprit Sans Atout. Et monsieur Royère devait trembler un peu.

Cécile apportait un plateau et des tasses. Maître Robion lui montra la lettre.

— A votre avis, est-ce monsieur Royère qui a écrit cela ?

Cécile s'approcha d'une fenêtre et déchiffra le billet en remuant les lèvres. Elle hocha la tête pensivement.

— Dame ! Je ne reconnais pas bien son écriture.

— C'est pourtant lui, affirma Sans Atout avec force. Qui l'aurait fait ? Ce n'est pas moi, n'est-ce pas ?

Le capitaine emmena maître Robion et le docteur dans un angle de la bibliothèque et une discussion animée s'engagea, dont Sans Atout ne pouvait saisir que des bribes.

— J'ai déjà vu souvent le cas, disait l'officier.

— Pas mon fils, objectait l'avocat.

Sans Atout but une tasse de café mais ne toucha pas aux tartines. Tout s'écroulait si on mettait en doute sa bonne foi. Maître Robion revint vers lui.

— Voyons, François. Je te connais bien. Je sais que tu n'es pas un garçon à inventer des fables. Tu as réellement vu un homme habillé comme l'Homme à la dague ?

— Oui. Et je l'ai entendu, plus tard. Il parle couramment le français mais il a un accent italien, ou il fait semblant d'en avoir un. Il m'a obligé à jurer que je ne révélerais pas l'endroit où je dois déposer le tableau et l'argent Ça non plus, je ne l'ai pas rêvé.

Maître Robion se tourna vers le capitaine, comme pour le prendre à témoin.

— Bien sûr, dit celui-ci. Mais avouez que les déclarations de votre fils inspirent la méfiance. Il y a des enfants qui racontent n'importe quoi pour éviter une réprimande... J'étais prêt à ratisser toute la région pour retrouver monsieur Royère. Et voici cette lettre qui nous ordonne, en somme, de ne pas bouger. Mettez-vous à ma place !

— Mais ces indications... la départementale 237... La Courtine... François ne connaît pas ces endroits-là.

Sans Atout ne perdait pas de vue la pendulette, sur le bureau. Sept heures et demie. Chaque minute perdue compromettait son plan.

— Je peux prouver, dit-il, que je ne mens pas. On n'a qu'à aller tout de suite au moulin. On n'y trouvera plus personne, bien entendu. Mais il restera sûrement des traces.

— C'était justement mon intention, dit l'officier.

Maître Robion se tourna vers le docteur Dodin.

— Vous pensez que mon fils est en état ?...

— Certainement. François est robuste et il m'a l'air d'avoir bien récupéré.

Le capitaine et deux gendarmes prirent place à bord d'une des voitures. Sans Atout s'installa dans la D.S. à côté de son père, et le cortège se mit en route, par un itinéraire qui contournait la forêt.

Maître Robion passa son bras autour des épaules de Sans Atout.

— Alors, dit-il, tu es content ! Tu l'as, ta ration d'aventure ! Plus tard, il faudra que nous ayons une petite conversation, tous les deux, pour mettre les choses au point une fois pour toutes. Car tu abuses, François !

— Moi ?

— Eh oui. Hier soir, ta mère était bouleversée. Je l'ai ramenée à Châtel ; j'ai prévenu la gendarmerie ; je suis retourné à la Chênaie. De là, j'ai téléphoné à l'hôtel. J'ai raconté que tu étais revenu et qu'on passait la nuit au château, Je ne cesse plus de mentir.

— Mais ça vaut le coup, dit Sans Atout. Et avoue que si je n'étais pas intervenu, M. Royère n'aurait jamais cédé ! Et alors les gendarmes, avec leur matériel, leur radio et leurs chiens, ne l'auraient pas retrouvé vivant ! Vrai ou faux ?

— Je sens que ce n'est pas si simple, dit l'avocat.

La voiture de tête vira dans un chemin creux, et Sans Atout reconnut le moulin. Bientôt, les deux automobiles se rangeaient dans la cour. On descendit.

— Voici le hangar où j'ai pris l'échelle, expliqua Sans Atout. Je suis sorti par cette porte, ce matin. Vous entendez le bruit de la cascade. Vous voyez bien que j'ai dit la vérité.

— Entrons, ordonna le capitaine.

Il pénétra le premier dans le moulin, aperçut la trappe, ouverte.

— L'homme se tenait là, continua Sans Atout. Il l'entrebâillait juste assez pour faire passer la lettre.

Cette fois, la situation évoluait en sa faveur. Le capitaine se taisait mais ses doutes commençaient à se dissiper. Il empoigna la rampe branlante et monta. On entendit ses pas qui se dirigeaient vers une des fenêtres. Il l'ouvrit avec fracas et, aussitôt, poussa une exclamation. Maître Robion se hâta de le rejoindre, suivi de Sans Atout. L'officier était arrêté devant la table et tendait le doigt.

— Regardez !

Une dague était plantée dans le bois, transperçant une feuille de papier. Le capitaine entoura de son mouchoir le manche du poignard et tira violemment, puis il dégagea la feuille qui ne portait que quelques mots :

Dernier délai : cinq heures

— C'était donc bien leur repaire, murmura-t-il. Et ce papier prouve qu'ils prévoyaient notre visite. Vous aviez raison, jeune homme. Mais ce déguisement, pourquoi ?

— Sans doute pour impressionner monsieur Royère, dit l'avocat. Il n'a plus les nerfs très solides.

— Je vais envoyer le papier et la dague au laboratoire, à tout hasard. Mais je crains que cela ne serve pas à grand-chose. Voyons si nous découvrons d'autres indices.

Sans Atout, non sans émotion, contemplait le vieux divan et l'escabeau. Il descendit le dernier.

La visite du moulin n'apporta rien de neuf et se termina par un conciliabule animé, devant les voitures. Que faire ? Tout d'abord, se taire.

— Heureusement, remarqua l'officier, que la disparition de monsieur Royère a été tenue se-

Dernier délai
cinq heures

crète ; sans cela, nous aurions les journalistes sur le dos. Silence absolu jusqu'à ce soir ; jusqu'à ce que monsieur Royère ait été libéré. Je retire mon matériel, mes hommes ; je laisse la place nette.

— Et vous n'intervenez en aucune façon, dit maître Robion.

— Non. La menace est trop sérieuse. Nous n'avons plus le choix : il faut livrer le tableau et l'argent. Quand monsieur Royère aura regagné son château, alors nous tâcherons de mettre la main sur les coupables ; et croyez-moi cela ne tardera pas !

— Quel est le lieu fixé ? dit maître Robion d'un air si naturel que Sans Atout faillit répondre : « Le Saut du Moine. »

Il se retint à temps.

— Je ne dois pas le révéler. J'ai juré.

— Allons donc ! s'exclama l'avocat. S'il y a du danger, je ne te laisserai pas aller là-bas tout seul.

Une vive discussion s'engagea. Pour le capitaine, il n'y avait pas le moindre risque.

— Pour moi, dit maître Robion, il y en a un, et de taille. Monsieur Royère sera relâché ; sur ce point, je suis d'accord avec vous. Mais qu'est-ce qui nous prouve que les bandits ne garderont pas François pour protéger leur retraite ? Ils peuvent essayer de gagner un pays étranger, et, avec un otage, ils auraient beaucoup plus de chances de réussir.

— Non. Ils se mettraient dans une situation impossible. Ce qu'ils veulent, c'est l'argent. Quand ils l'auront, ils disparaîtront dans quelque cachette sûre, où ils attendront la fin de l'orage.

— Je demande à réfléchir. Il n'est que neuf heures. Nous avons le temps.

Sans Atout blémit. Neuf heures ! Pour ce qu'il voulait faire, il était peut-être déjà trop tard.

— Nous rentrons à Châtel-Guyon, reprit l'avocat. Je vous téléphonerai dans la journée, pour vous tenir au courant. Mais, si vous pouviez me prêter une carte, vous me rendriez service.

— Volontiers. Ce ne sont pas les cartes qui nous manquent.

L'officier alla en chercher une, qu'il déplia sur le capot de la D.S. Sans Atout ne pouvait plus tenir en place.

— Vous voyez... la départementale passe au nord de La Chênaie... ici... Comptez cinq croisements. Cela vous amène ici... Et voici La Courtine, à droite. Vous êtes entouré de bois. Mais, à quelques centaines de mètres plus loin, commence une sorte de plateau, qui domine un petit torrent que vous apercevez là... L'endroit n'est pas mal choisi. Toute la région est désolée et n'attire guère le touriste.

— Mais pourquoi m'avoir imposé cet itinéraire par la départementale, observa l'avocat penché sur la carte. Je pourrais gagner La Courtine par bien d'autres chemins.

— Peut-être aura-t-on posté des espions sur votre route. A moins qu'on ne cherche simplement à nous intimider. Comment savoir ?

Maître Robion, soucieux, replia la carte et la mit dans sa poche. Il serra la main du capitaine et des deux gendarmes et ouvrit la portière.

— Monte !

Le ton n'était pas engageant.

— Il n'y a certainement aucun risque, cria le capitaine, au moment où démarrait la voiture. Vous pensez bien que sans cela...

— Facile à dire, grommela maître Robion. Ce n'est pas son fils !

Au bout d'un moment, Sans Atout murmura timidement :

— J'étais obligé de jurer.

L'avocat ne desserrait pas les dents. Il roulait beaucoup plus vite que d'habitude. Bientôt, ils arrivèrent à l'hôtel. Neuf heures et demie. Un peu plus de sept heures avant le rendez-vous. Même pas ! Il faudrait repasser par la Chênaie, pour prendre le tableau et la rançon, aller ensuite à La Courtine ; de là, gagner à pied le Saut du Moine ; et M. Royère avait parlé de deux kilomètres. Restaient six heures à peine. « Je vais rater mon coup, à une demi-heure près, songea Sans Atout. C'est trop bête ! »

Madame Robion, au premier coup d'œil, vit la bosse et s'assit avec lassitude dans un fauteuil.

— Tu deviens impossible, François !

— Ce n'est rien, maman. J'ai voulu faire un petit tour dans le tilbury. Blanchette m'a emmené dans la forêt. J'ai dû descendre en marche pour l'obliger à s'arrêter, parce que je ne savais pas me servir des guides. Et puis, je suis tombé. Elle est partie au galop. Je suis rentré à pied, mais papa t'avait déjà ramenée ici. Voilà. C'est tout. J'ai passé la nuit là-bas.

— Et tu es tout fier, naturellement. Tu participes à une enquête... Ah ! tu es à ton affaire ! Eh bien, moi, je souhaite que tout cela finisse, et vite ! Ton père, je ne le vois plus. Toi, tu profites de toutes les occasions pour faire des bêtises. Si j'avais su, je serais venue seule. Mais quelle idée de monter dans ce tilbury !... Et si tu avais fait de mauvaises rencontres ? Y as-tu seulement pensé ? Mais non ! Tu ne penses à rien.

Sans Atout rougit. Avec son intuition infaillible, Mme Robion était à deux doigts de la vérité. Il courut l'embrasser. Elle se débattit tout de suite attendrie.

— Quand tu m'embrasses, c'est que tu as quelque chose à me cacher. Tu ne me caches rien, François ? Tu me le jures ?

Ah non ! Plus de serments ! Sans Atout en avait assez.

— Je file prendre un bain, dit-il. A tout à l'heure.

Il sortit précipitamment, aperçut son père qui téléphonait. Dix heures moins dix. Vite ! Il prit dans sa chambre sa caméra et se précipita dans le parc qu'il traversa en trombe. Heureusement, il n'y avait personne dans le magasin d'appareils photographiques.

— Est-ce que vous pourriez monter sur ma caméra un déclencheur, un système que je pourrais manœuvrer de loin, avec un fil ?

Et Sans Atout crayonna sur un papier le dispositif qu'il avait en tête. Le marchand avait l'esprit vif et adorait bricoler.

— C'est possible, dit-il. Mais cela représente pas mal de travail. Avec tout ce que j'ai déjà en train, je ne pourrai pas vous le faire avant trois jours.

— Trois jours ! Mais il me faudrait cela pour ce soir.

— N'y comptez pas.

Sans Atout en aurait pleuré.

— Vous voulez sans doute filmer des animaux méfiants ? reprit le marchand.

— C'est cela, dit Sans Atout. Des oiseaux. Et comme nous repartons bientôt...

— Je comprends. Moi-même, j'ai la passion des bêtes. Ecoutez... Je peux vous prêter ma propre caméra. Elle est équipée pour ce genre de prises de vue. Mais je vous la recommande, hein ?

Il alla chercher la précieuse caméra, en expliqua le fonctionnement. Sans Atout ne sentait plus ses jambes, tellement il était ému. Cette fois, l'Homme à la dague ne lui échapperait pas. Il sortit, ébloui de joie. Maintenant, il n'avait plus à se batrre contre la montre. Il acheta du fil de nylon, dans une boutique d'articles de pêche, et, au bazar, un sac à dos profond et muni d'une quantité de poches. La caméra s'y logeait très facilement. Restait le plus dur : persuader maître Robion d'accepter les conditions fixées dans la lettre.

Sans Atout regagna paisiblement sa chambre, se doucha et, en attendant le déjeuner, vérifia sa bicyclette. Elle ne tarderait pas à lui être utile.

L'avocat se garda bien d'aborder le problème à table. Mais il ne pouvait cacher sa préoccupation.

— Nous retournerons à La Chênaie, cet après-midi. La police est sur une piste. Elle a encore besoin de nous. Ne t'inquiète pas ; ce sera l'affaire d'une heure ou deux.

Il prit à part Sans Atout, quand madame Robion eut quitté la salle à manger.

— Tu es toujours résolu à ne rien dire ?

— Mais, papa, on m'a interdit de parler. Ce n'est pas moi qui ai décidé de me taire.

— Est-ce loin de l'endroit où je dois m'arrêter ?

— Non, pas très... Monsieur Royère m'a expliqué.

— Et monsieur Royère t'a encouragé à accepter ? Il était confiant ? Tu vois ce que je veux dire.

— Oui. Il n'avait pas l'air de mettre en doute la parole de l'Homme à la dague...

— Ah ! Je t'en prie ; cesse de dire : « L'Homme à la dague. » C'est absurde !... As-tu peur ?

— Moi ? Pas du tout ! Je pense qu'il ne faut pas hésiter.

— Si je prenais ta place... est-ce que cela changerait quelque chose ? J'ai longuement discuté ce point, au téléphone, avec le capitaine de gendarmerie. A son avis, les bandits se tiendront loin du lieu qui t'a été fixé et se contenteront de surveiller les environs. Ils ne viendront que bien après ton départ.

— Justement. Tu dois me laisser faire, papa.

— Soit ! Mais je ne te donnerai qu'une heure en tout. Si, au bout d'une heure, tu n'es pas revenu, la police bouclera le secteur. C'est convenu avec le capitaine.

Maître Robion mit la main sur celle de son fils.

— J'aurais voulu t'épargner cela, François. Ce n'est pas mon rôle d'être un témoin. Tu me promets d'être prudent ?

— Bien sûr, papa.

— Pas d'initiatives déplacées. Tu vas, tu reviens, un point c'est tout.

— C'est exactement mon intention.

— Dis-toi bien qu'ils se feront prendre un jour ou l'autre. Mais cela regarde la police. Bornons-nous à être des intermédiaires. Nous sommes « neutres », mets-toi cela dans la tête.

— Parfaitement. Nous sommes neutres.

L'avocat consulta sa montre.

— Allons-y !

Ils arrivèrent à La Chênaie, qui avait retrouvé son aspect de tous les jours et son calme. Le tableau avait été soigneusement emballé par les soins de Benoît et de Léonard. Ils recomptèrent les liasses de billets et les rangèrent dans le sac à dos. Puis les deux colis furent déposés dans la malle arrière de la D.S. Sans Atout avait dissimulé la caméra sous des chiffons graisseux. L'avocat ne la remarqua pas. A quatre heures, ils prirent la route en direction de La Courtine.

« A moi la dernière manche ! », pensa Sans Atout.

L'incroyable vérité

Quatre heures et demie. La D.S. stoppe à l'endroit désigné par l'Homme à la dague. Le sentier est là. Il s'élève jusqu'à une crête qui se profile sur un immense ciel de nuages. A droite, les bois continuent très loin. A gauche, se creuse une gorge au fond de laquelle coule un étroit torrent.

— Le lieu a été bien choisi, dit l'avocat. Moi qui comptais te suivre des yeux longtemps, pas question. Ils ont tout prévu.

Sans Atout se hâte d'ouvrir la malle. Il glisse rapidement la caméra dans une des grandes poches du sac et, quand il se relève, il est harnaché et prêt à partir. Maître Robion, de son côté, a sorti le tableau.

— Prends-le par les ficelles, conseille-t-il. Sinon, il va te gêner pour marcher. Heureusement que tu as ce sac à dos. Oui, ils ont vraiment tout prévu.

« Sauf la caméra ! », se dit Sans Atout.

— Rappelle-toi. Une heure pas plus ! ajoute maître Robion, qui cache mal sa nervosité. Va vite, maintenant.

— Il ne m'arrivera rien, tu sais, papa.

— Oui, oui. Mais enfin je ne serai tranquille que lorsque tu seras revenu. Va ! Ne perds pas de temps.

Sans Atout s'éloigne, se retourne, une fois, deux fois. Là-bas, l'avocat a allumé une cigarette et commence à marcher de long en large. Puis Sans Atout franchit la crête. Il est seul. Le vent des hauteurs siffle dans les chardons. Le torrent, en contrebas,. se bouscule à grand bruit contre les rochers. Il marche bravement, courbé sous le poids de la rançon. Voilà une scène qu'il n'oubliera jamais. De temps en temps, il s'arrête, pour souffler. L'Homme à la dague se fait lourd. C'est sa manière à lui, de résister, de freiner l'avance du garçon. Sans Atout remonte le sac d'un coup de reins, empoigne le tableau de la main qui n'est pas encore fatiguée, et repart.

Déjà un quart d'heure qu'il chemine, de son allure gauche et encombrée de voyageur qui va rater son train. Toujours pas de cabane en vue. Pourtant, une erreur est impossible. Il se rappelle toutes-les indications que lui a fournies le prisonnier.

Nouvelle halte. A perte de vue, les bois, la montagne. Le silence de l'été, peuplé de rumeurs. « Allons, va ! », murmure Sans Atout, comme s'il encourageait une bête fourbue, et il passe ses doigts brûlants sous les ficelles. L'Homme à la dague renâcle, tire en arrière. Et soudain, le terrain fait un pli ; il y a là une combe qui court à travers le plateau ; la cabane se dissimule au fond de ce val étroit ; elle est à demi cachée par le tronc épais d'un arbre mort. Sans Atout regarde autour de lui. L'endroit n'est pas encore sinistre, à cause de la belle lumière, mais il n'est pas très rassurant. Est-ce que le bandit est embusqué dans la cabane ? Sans Atout s'engage sur la pente avec précaution.

— Ho ! Quelqu'un ?

Pas un bruit. Sans Atout s'approche, cale le tableau le long de l'arbre mort, laisse glisser le sac à terre. La cabane est très ancienne. La foudre qui a tué le chêne a frappé aussi le toit de planches, maintenant à demi effondré. La porte est entrebâillée. Sans Atout la pousse. Elle grince et finit par céder.

La cabane est vide. Au centre, trois pierres noircies indiquent encore l'emplacement d'un foyer. Des mouches, dérangées, bourdonnent. Sans Atout n'éprouve plus aucune appréhension. Il va chercher le tableau et l'installe soigneusement dans l'angle le mieux abrité de la cahute. Puis il déballe la caméra et dispose le sac près du tableau.

Il sort. Encore un long regard circulaire. Non, nul ne peut le voir. Il prend du recul, porte le viseur à son œil, cadre l'arbre et commence à filmer. Un lent mouvement de rotation, de droite à gauche, et la cabane entre dans le champ. Hop ! Il choisit un autre angle, photographie encore et encore. Puis il « panoramique », saisit la pente qui descend vers la cabane, la perspective du vallon encaissé. Il possède, désormais, un document irréfutable. Mais il n'a pas l'intention de s'en tenir là. Ce qu'il vient de réaliser, c'est une sorte de prégénérique. Reste à montrer l'acteur principal, ou le comparse qui viendra bientôt ramasser le butin.

Le chêne mort a vraiment été placé là par la Providence. Sans Atout examine attentivement le tronc puissant mais rongé par les intempéries. Il est crevé de toutes parts. Sans Atout choisit une fissure qui lui paraît bien orientée. Il y glisse la caméra, objectif tourné vers l'entrée de la cabane. Puis il déroule son fil de nylon, en fixe une extrémité autour de l'appareil, tend le fil en direction de la porte, matérialisant ainsi la ligne de visée de la caméra. Il a mal calculé la position de l'objectif. Après quelques tâtonnements, il obtient enfin la bonne inclinaison.

Reste l'opération la plus délicate. Souffle suspendu, il attache le fil à la détente de la caméra. La moindre tension déclenchera le moteur. Puis il fait courir le fil le long d'une branche fourchue qui domine le toit de la cabane et le fixe à un clou planté au sommet de la porte. Tire la bobinette et la chevillette cherra !

Sans Atout sourit. Le nylon transparent est totalement invisible. Sans Atout vérifie son dispositif, éprouve la résistance du fil, puis il déclenche le moteur de la caméra, écoute.

Le bruit est si léger qu'il faut être averti pour le remarquer. Il se confond pratiquement avec le bourdonnement des insectes et le grondement lointain du torrent. Sans Atout, devant l'objectif braqué sur lui, prend la pose, salue de la main. Il crie, comme on le fait sur un plateau de studio, au moment d'une prise de vue : « Sans Atout contre l'Homme à la dague. Première. » Puis il va stopper l'appareil. Il est tout à fait satisfait de son stratagème. Tout seul, sans ressources, autant dire sans un atout en main, il a trouvé le moyen de démasquer son adversaire. Pas mal ! Pas mal ! Il referme la porte ; le piège est prêt à fonctionner.

Dernier regard, celui du maître, celui de l'artiste à son œuvre. Il s'éloigne.

La cabane a repris son air maussade et vaguement patibulaire, sous l'arbre qui la domine comme une potence. L'esprit enfin en repos, Sans Atout revient sur ses pas à grandes enjambées. La crête franchie, il fait signe à son père que tout est réglé. Il joint les mains au-dessus de sa tête et les agite, comme un athlète vainqueur. S'il ne se retenait pas, il se lancerait dans une série de cabrioles et de culbutes.

— Qu'est-ce que tu as ? demande maître Robion. Je ne t'ai jamais vu aussi excité.

— C'est que je suis bien content d'en avoir fini.

L'avocat soupire.

— Tu oublies la note qu'il a fallu payer !

Mais il se sent délivré d'une insupportable angoisse. Il vire sous les arbres et prend le chemin du retour.

— J'ai déposé le tableau et l'argent dans une vieille cabane, reprend Sans Atout ; il n'y avait personne aux environs.

L'avocat médite un instant.

— Tôt ou tard, dit-il, la police aura le dernier mot. Dès que le voleur essayera de négocier le tableau, l'alerte sera donnée. Mais il peut attendre des années et dépenser tout l'argent de la rançon. Je plains ce pauvre Monsieur Royère. Lui qui n'avait déjà pas la tête très solide !

— Et si on retrouve tout de suite le tableau et les billets ?

— Ne dis donc pas de bêtises. Bien sûr, ce serait merveilleux. Mais il n'y a pas une chance sur mille.

La joie de Sans Atout se fane, perd ses belles

couleurs d'espérance. Si la caméra ne fonctionne pas, ou si elle est découverte ? Et puis, en mettant les choses au mieux, la caméra donnera l'image du coupable ; mais nombreux sont les gangsters dont on possède la photo et qu'on ne parvient pas à arrêter. La partie est loin d'être gagnée !

Jamais Châtel-Guyon n'a paru aussi triste. Sans Atout n'a pas faim. Il voudrait dormir, dormir. Mais il faut encore faire bonne figure à table. Maître Robion est parfaitement calme et naturel. Il a la force de manger de bon appétit. Il sait perdre aussi bien qu'il sait gagner. Est-ce que Sans Atout possédera un jour cette force de caractère, lui qui se jette tout entier dans l'impression du moment ?

— A-t-on des nouvelles de monsieur Royère ? demande madame Robion.

— Pas encore. Mais ça ne devrait pas tarder. J'ai téléphoné tout à l'heure à la gendarmerie. On doit me rappeler. Du moment que la rançon a été versée, la libération de monsieur Royère ne fait aucun doute.

— Qui l'a versée ?

Monsieur Robion appelle la serveuse, réclame de la moutarde.

— Qui l'a versée ? répète-t-il. Je suppose que ce sont les domestiques.

Sans Atout regarde obstinément son assiette.

— Je pense souvent à cette affaire, dit madame Robion. Toutes ces histoires d'enlèvements sont tellement dramatiques ! Et voilà qu'il en survient une tout près de nous. J'ai toujours peur, pour toi, pour François... Dès qu'un homme occupe une situation en vue, maintenant, il est menacé. On peut s'attaquer à lui ou à ses enfants. Tu entends, François ?... Tu dois être méfiant, ne pas lier conversation avec n'importe qui.

Sans Atout revoit le moulin, l'homme rouge guettant sa proie au bord de la rivière.

— Oui, maman, murmure-t-il.

Heureusement, le maître d'hôtel s'approche et prévient maître Robion qu'on le demande au téléphone.

— C'est peut-être la gendarmerie, dit madame Robion.

Elle ne pense plus à prêcher à son fils la prudence. Sans Atout est tellement soulagé qu'en voulant saisir la corbeille de pain, il renverse son verre.

— François ! Mais quand seras-tu un peu à ce que tu fais ? Tout le monde nous regarde.

La serveuse accourt, éponge la nappe.

— Il faut mettre du sel sur les taches de vin, dit madame Robion, qui connaît mille recettes pour réparer les maladresses.

Sans Atout est cramoisi. Pourquoi faut-il que, devant sa mère, il redevienne toujours un petit garçon irresponsable ? Quelques heures plus tôt, il traquait des malfaiteurs dans leur repaire, et maintenant il ne sait plus où se mettre parce que sa serviette est maculée. Ah ! sortir une bonne fois de l'enfance !

— Ça y est, annonce maître Robion, qui revient, toujours aussi calme. Un automobiliste l'a trouvé, sur la route d'Auzances, où il faisait de l'auto-stop. Il a été relâché il y a une heure environ. En ce moment, il est chez lui. Très fatigué, paraît-il. Le docteur Dodin interdit les visites jusqu'à nouvel ordre... Qu'est-ce que c'est que ce champ de bataille ?

— Le verre de François qui s'est renversé tout seul, dit madame Robion. Tu sais comme les choses sont malveillantes, avec lui.

— Eh bien, je vous avoue que je ne suis pas fâché d'être délivré de ce souci, continue l'avocat, qui n'a pas écouté. Jusqu'au dernier moment, dans ces sortes d'affaires, on peut tout craindre.

— Il te devra une fière chandelle, dit innocemment madame Robion. Depuis douze jours, tu n'as pas cessé de t'occuper de lui et de l'aider de toutes les façons...

— Est-ce que je peux m'en aller ? interrompt Sans Atout. J'ai tellement sommeil !

Maître Robion lui jette un regard complice.

— Dors bien, dit-il. Et tâche de ne plus penser à l'Homme à la dague. Cette fois, c'est bien fini.

Non, ce n'est pas fini. Mais, pour le moment, Sans Atout ne peut pas se confier à son père. Il doit d'abord récupérer sa caméra. Mais il est si las ! Demain... Demain... C'est à peine s'il a la force de se déshabiller.

Le lendemain, de très bonne heure, il enfourche sa bicyclette. Il se sent tout neuf. Ses doutes de la veille ont disparu. Le soleil se lève pour lui. Les oiseaux chantent pour lui. La caméra a sûrement travaillé pour lui. C'est amusant comme tout d'aller relever cette caméra comme les pêcheurs vont relever leurs filets. Elle doit être pleine d'images. L'Homme à la dague doit grouiller là-dedans comme un gros poisson féroce.

Sans Atout sifflote. Le voilà en forêt. La forêt, maintenant, est une amie qui n'a plus de secrets pour lui. Il y a un écureuil qui traverse le chemin. Salut ! Et deux pies qui s'envolent sous son nez. Salut ! Et puis le torrent commence à faire son remue-ménage. On approche. Le plateau est raboteux. Il faut pédaler debout, en se déhanchant. Hardi, gars ! Encore un coup de jarret et la cabane apparaît, dans son creux où la brume fume encore.

Sans Atout couche son vélo dans l'herbe rase et, les mains mouillées par la rosée, dévale la pente. Victoire ! La caméra est là, blottie au creux de l'arbre comme une bête repue. Il l'extrait avec précaution, casse le fil dont il n'a plus besoin. Mais... mais... il pense à quelque chose qui douche son enthousiasme. Si les malfaiteurs sont venus à la nuit tombante, les images vont être si pâles qu'on ne verra rien. Il calcule rapidement. La gendarmerie a téléphoné vers huit heures. Le châtelain a été libéré une heure plus tôt, donc à sept heures. Le tableau et le sac ont donc dû être récupérés vers six heures. Or, à six heures, la lumière était encore suffisante. Ça doit marcher.

Il remonte en selle et, en musardant, car il est encore très tôt, rentre à l'hôtel. Les pensionnaires les plus matinaux se rendent aux sources ; Sans Atout, lui, se déshabille et s'accorde une petite heure de somnolence heureuse, la caméra sur une chaise, près de lui, comme un jouet de Noël. Ils vont en faire une tête, le capitaine, Royère, et papa aussi, quand le film sera projeté et qu'apparaîtra sur l'écran le visage démasqué du voleur. Car celui-ci n'a, évidemment, pas mis son masque pour se rendre à la cabane. Et quels compliments, après ! Quel triomphe ! Faut pas toujours voir les choses en noir. Ce que papa appelle voir les choses en face. Les choses ! Les choses ! Pourquoi serait-il défendu de jouer avec ? En bousculant un peu les règles !

Sans Atout se lève enfin, téléphone à la réception pour commander un petit déjeuner d'ogre, puis, toujours au téléphone, demande sa mère.

— Allô, maman ?... En bonne forme ?... Oui, oui. J'ai bien dormi. Je me réveille à l'instant... Oh ! J'ai deux courses à faire... C'est ça, je te rejoindrai dans le parc... A tout à l'heure.

Menteur ! Deux ou trois courses à faire ? Une seule, en vérité. Mais combien urgente ! Si urgente que Sans Atout arrive avant l'ouverture du magazin, et contemple pendant dix minutes les photographies de noces, exposées dans la vitrine. Enfin le marchand ouvre sa porte.

— Tiens ! C'est vous. Alors ? Content de ma caméra ?

Sans Atout explique qu'il a pris un film sans importance, simplement pour faire un essai, mais qu'il voudrait l'avoir le plus tôt possible avant de se lancer dans des expériences plus ambitieuses.

— Vous êtes bien tous les mêmes, plaisante le marchand. D'habitude, on confie ces films à des laboratoires spécialisés. Mais parce que c'est vous, je le développerai moi-même. Disons demain, en fin de matinée.

C'est tellement loin, demain ! Sans Atout est un peu déçu. Il retourne au Parc. Madame Robion, assise à l'ombre, tricote un truc informe.

— C'est quoi ? demande-t-il en tirant une chaise sous le marronnier.

— Un pull... pour toi. Ça n'a pas l'air de t'intéresser.

— Un pull, ça !

— Tu es aimable !

Sans Atout a un sourire spécial pour sa mère, un sourire qui la désarme instantanément. Une fois de plus, le charme opère. Elle lui caresse la tête.

— Mon petit François continue à s'ennuyer ? Allons ! Encore cinq jours, et nous irons en Bretagne. Sois patient !

Cinq jours, ce n'est rien. Mais un jour, c'est la mort, quand on attend l'Evénement qui va éclater comme un coup de tonnerre, qui va stupéfier tout le monde. Ce n'est vraiment pas le moment de parler chiffons !

Les heures se traînent. Le déjeuner n'en finit pas. On passe sur la terrasse, au moment du café. Coup de téléphone pour maître Robion. C'est insupportable de vivre une aventure aussi exceptionnelle par personne interposée ! Qu'est-ce qui se dit ? Qu'est-ce qui se prépare ? Maître Robion revient, il reprend sa place ; il goûte son café. Jamais pressé de parler. Heureusement, madame Robion est curieuse.

— Qui était-ce ?

— Le docteur Dodin. Royère est mieux. Il nous attend demain après-midi, ainsi que le capitaine Andrieu. Il tient à remercier François.

Et, se tournant vers Sans Atout :

— Il a beaucoup d'amitié pour toi, tu sais.

Le ton est ironique. Madame Robion regarde son mari avec surprise.

— Qu'est-ce qu'il y a de drôle ? Ne m'as-tu pas dit qu'il a perdu un garçon qui aurait maintenant une quinzaine d'années ?

— Moi aussi, je l'aime bien, déclare fermement Sans Atout. Et j'ai l'intention de le lui prouver.

Le propos est imprudent. Comme il est difficile de garder un secret ! Mais on est habitué au langage excessif de Sans Atout. Personne ne lui demande ce qu'il compte faire. Il en est à à la fois vexé et soulagé. Il annonce qu'il a l'intention d'aller au cinéma. Après le cinéma, ce sera tout de suite l'heure de dîner. Ensuite, il y aura *La Piste aux Etoiles,* à la télévision. De distraction en distraction, il franchira, comme sur les pierres d'un gué, ce flux de temps qui le sépare du moment où, tel un magicien, il fera surgir la vérité.

Et c'est le soir... Et c'est le matin... Un peu avant midi, il court chez le photographe. Le film est prêt. Le marchand voudrait bien bavarder, mais les clients sont nombreux.

— Vous me paierez demain. Et vous me direz si vous êtes content. Je n'ai pas eu le temps de le regarder, votre film !

Sans Atout voudrait se le projeter tout de suite, mais, encore une fois, c'est l'heure du déjeuner. On ne cesse pas de manger ! Et le service est d'une lenteur ! Il est presque deux heures quand on sort de table. Trop tard ! Sans Atout a juste le temps de glisser dans la malle de la D.S., à l'insu de maître Robion, l'écran roulé et le projecteur. Quant au film, il le garde sur lui. Et ils partent, pour vivre enfin la minute de vérité.

La voiture de la gendarmerie est rangée devant le perron du château, sous la surveillance de deux hommes. Le capitaine et le docteur Dodin s'entretiennent avec monsieur Royère, dans la bibliothèque. Celui-ci est encore un peu pâle, mais semble avoir retrouvé ses moyens. Il paraît tout heureux de revoir Sans Atout et dit à maître Robion :

— C'est grâce à son courage, à son esprit de décision, que j'ai été sauvé. Je lui en aurai toujours beaucoup de reconnaissance.

On s'installe, et le châtelain raconte ce qui lui est arrivé, après le départ de Sans Atout.

— L'Homme à la dague est revenu. Il m'a bandé les yeux, m'ai aidé à descendre l'escalier et j'ai été poussé dans une voiture qui, ensuite, a roulé longtemps.

— Vous n'avez rien observé qui nous permettrait de nous faire une idée du chemin que vous avez suivi ? demande le capitaine.

— Non. Je sais que la voiture était fortement secouée, ce qui donne à penser qu'une partie du parcours s'est effectuée en forêt. Mais c'est tout.

— Et ce voyage a duré longtemps ?

— Une heure environ. Ensuite, j'ai été conduit dans une maison qui sentait le moisi et qui n'était certainement plus habitée depuis longtemps. J'ai descendu des marches, une dizaine. L'Homme en rouge m'a enlevé mon bandeau.

— Il était toujours déguisé ? intervient maître Robion.

— Il portait un long imperméable et il avait conservé son masque. J'étais dans une cave qui avait un air d'abandon. Au bout d'un moment, quelqu'un que je n'ai pas vu a déposé un plateau en haut des marches. L'escalier faisait un coude...

Le châtelain rassemble, un instant, ses souvenirs et poursuit :

— J'ai mangé un peu. Du poulet froid. J'ai bu ; j'ai bu énormément. Je mourais de soif. Et puis... avait-on mis quelque soporifique dans l'eau ? Je me suis endormi. Il y avait un peu de paille, dans un coin. Plus tard, celui que je continue d'appeler l'Homme à la dague m'a réveillé et, à nouveau, m'a bandé les yeux. J'ai compris alors que j'allais être relâché. Nous avons à nouveau roulé assez longtemps. L'auto s'est arrêtée. J'ai été tiré dehors et on m'a recommandé de compter jusqu'à cent avant de bouger. L'auto a démarré. Bien entendu, j'ai retiré aussitôt mon bandeau, mais cela m'a pris du temps, car il était noué serré, de sorte que je n'ai pas pu voir la voiture. J'étais sur la départementale d'Auzances.

— Auzances, dit le capitaine. C'est un nom qui revient souvent. Je vais orienter les recherches de ce côté-là. Mais, franchement, monsieur Royère, je crois que nos chances sont très minces.

— Je le crois aussi, dit le châtelain. Le coup a été monté trop habilement. Les malandrins sont loin. Peut-être ont-ils déjà franchi une frontière, qu'il s'agisse de la Suisse, de l'Italie ou de l'Espagne. Il leur a suffi d'une nuit.

Sans Atout prend alors la parole. Il est tout ému.

— J'ai peut-être un indice. Attendez-moi. Je reviens tout de suite.

Il court à la D.S., s'empare de l'écran, du projecteur, qu'il transporte au milieu de la bibliothèque.

— Je vais vous montrer un film qui a été développé ce matin. Je ne l'ai pas encore vu. Je ne sais pas ce qu'il vaut. Mais je suis sûr qu'il est instructif.

Tout en parlant, il déploie l'écran, déroule le fil de la prise de courant. L'avocat fronce les sourcils.

— Qu'est-ce que tu manigances encore ? Tu sais, François, je commence à être excédé.

— Attends, papa. Je vais t'expliquer. Il y a un arbre mort, près de la cabane où j'ai déposé le sac et le tableau. J'ai caché dans le tronc ma caméra et, grâce à un dispositif de mon invention, j'ai pu filmer les voleurs.

— Mais c'est merveilleux ! s'écrie le capitaine.

Quant au châtelain, il est tellement surpris qu'il n'a plus la force de parler. Maître Robion regarde son fils avec stupéfaction. Sans Atout est maintenant très à l'aise.

— Si vous voulez bien m'aider à faire le noir ? dit-il.

Déjà, le capitaine ferme les volets, les portes. Sans Atout, à la lumière du plafonnier, engage le film dans les multiples engrenages de l'appareil, procède à la mise au point. Un rectangle pâle se découpe sur l'écran.

— Prêts ? demande-t-il. Attention ! S'il vous plaît, éteignez la lumière. Merci.

Le projecteur bourdonne. Des taches, des numéros apparaissent. Puis surgit le chêne foudroyé.

— Vous apercevez le creux où j'ai logé, plus tard, la caméra, commente Sans Atout. Voici la cabane.

L'image sautille un peu mais elle est excellente. On découvre, en perspective, le vallon, un coin de ciel.

— Vous allez me voir au moment où j'ai fait ma petite répétition générale...

Et voici Sans Atout sur le seuil de la cabane. Il a l'air très satisfait. Il s'avance vers les spectateurs. Il emplit l'écran.

— Ça, dit-il, c'est quand j'ai stoppé la caméra.

Il arrête la projection ; autour de lui, les visages flottent comme des lunes blêmes dans l'obscurité.

— Il faut que je vous explique, reprend-il. L'appareil est braqué sur la cabane. Il est relié par un fil de nylon absolument invisible à la poignée de la porte. Dès que quelqu'un entrera, il déclenchera le mouvement. Nous allons voir qui va entrer. Ce sera forcément le voleur.

Le silence semble se creuser. L'assistance, médusée, retient son souffle. Le pinceau lumineux du projecteur illumine l'écran. Et brusquement, une silhouette apparaît. Pas de chance. L'homme se présente de dos. Il entre dans la cabane. Mais, presque aussitôt, une ombre très longue se dessine sur le sol, se déplace avec lenteur, escalade le flanc de la bicoque.

— Alors ? Est-ce qu'il va se décider ? pense Sans Atout.

Oui. L'ombre s'épaissit. Un second personnage se trouve dans le champ, de dos lui aussi. Il s'arrête, porte les mains à sa bouche et une bouffée de fumée s'effiloche. On distingue très nettement l'allumette, quand il la jette pardessus son épaule. Puis il disparaît dans la cabane.

— Très ingénieux, murmure le capitaine. Mais jusqu'à présent...

Il se tait car une nouvelle silhouette, plus

large, plus courte, est en train de grandir. Gros plan d'une épaule. L'homme vient de passer tout près de l'arbre mort. Il se retourne, offre un profil familier. Des cris jaillissent.

— Benoît !

C'est bien Benoît, le domestique de monsieur Royère. Il fait un tour complet sur lui-même ; il surveille manifestement les environs. Il est enveloppé d'un imperméable sombre. Ses lèvres remuent. Sans doute demande-t-il à ses compagnons d'aller plus vite, ou leur signale-t-il quelque chose. Il s'efface pour laisser sortir le personnage maigre, qui apparaît de face.

— Léonard !

Le valet porte le sac. Il le brandit d'un geste de victoire sous le nez de Benoît, et s'arrête, une moitié du corps hors de l'écran. Quelque chose s'agite, à l'intérieur de la cabane. Malheur ! L'homme tient le tableau sur son épaule et a le visage complètement caché. Il hésite sur le seuil. Mais voici qu'il cherche une prise plus commode. Sa main gauche vient au secours de sa main droite. L'homme se baisse, pose le tableau à terre, se relève pour le saisir sous son bras. Son visage semble jaillir en plein écran. Malgré lui, Sans Atout fait un pas en arrière. Non ! Ce n'est pas possible. Monsieur Royère !

Personne ne bouge. On regarde toujours. On attend. Le silence n'est troublé que par le bruit de guêpe du projecteur. Enfin, quelqu'un tourne le commutateur. Le plafonnier s'allume, Monsieur Royère, les coudes aux genoux, la tête dans les mains, regarde obstinément le sol.

— Vous ! dit le docteur Dodin.

— Moi ! chuchote le châtelain, sans relever la tête.

L'homme à la dague

Anéanti, Sans Atout ne pensait même plus à éteindre son projecteur. Ce fut maître Robion qui lui fit signe de ranger son matériel.

— Vous comprenez, dit le capitaine, que nous avons droit à quelques explications.

— Je vais vous les donner, dit le châtelain. Mais auparavant je tiens à vous affirmer que je ne suis pas aussi coupable qu'on pourrait le croire. La vérité, c'est que je commençais à m'ennuyer mortellement, ici. Je n'ai rien oublié et je n'oublierai jamais. Pourtant, j'avais envie de revivre... comme avant... de reprendre mes activités d'autrefois, d'acheter une galerie à Paris, de recommencer petit à petit un négoce où j'étais passé maître. Mais il me fallait des capitaux importants. J'avais sous la main l'Homme à la dague. Quelle tentation ! Et comme il s'entend bien à vous souffler des idées folles ! Sa valeur, il la tenait des événements tragiques auxquels son nom était plus ou moins associé. J'ai donc pensé que s'il attirait une fois encore l'attention, s'il lui arrivait quelque chose d'extraordinaire, je pourrais doubler son prix et, du même coup, me débarrasser de lui, qui était la cause de tous mes malheurs. Je vous le demande, messieurs, n'était-ce pas légitime ?... Il fallait donc mettre au point un épisode sensationnel, un fait divers absolument hors série, capable de bouleverser la presse et de frapper l'opinion. Je passai de longues heures devant le portrait. Et je crois bien que c'est lui qui m'a suggéré la solution. L'Homme à la dague s'en irait de lui-même. Il quitterait volontairement cette maison et n'accepterait d'y revenir que moyennant une forte rançon. En somme, il se mettrait à vivre pour son propre compte, ce qui était bien dans la logique de sa légende.

— Mon pauvre ami ! dit le médecin. C'est pourtant vrai qu'à travers vous il a gagné une sorte de véritable existence,

— N'est-ce pas ? J'ai donc imaginé, peu à peu, une fuite spectaculaire, une espèce de fuite « à travers les murs ». Mais j'avais besoin d'une disparition attestée par un témoin digne de foi. Le hasard, mon cher maire, vous a conduit à Châtel-Guyon. Quand le docteur Dodin m'a demandé s'il pouvait vous amener ici, j'ai décidé de réaliser mon plan le jour même de votre visite. D'où le tableau lacéré ; d'où la lettre, prologue destiné à frapper votre imagination et, plus tard, celle du public. Et enfin, pendant le dîner, l'escamotage de l'Homme à la dague.

— Nous venons de voir que Léonard et Benoît étaient vos complices, dit l'avocat.

— Léonard et Benoît me sont tout dévoués, répondit dignement Royère. Ce ne sont pas des complices, ce sont des amis. Connaissant mes difficultés, ils ont accepté de m'aider ; c'est tout. Quant à Cécile, elle est totalement innocente.

La lettre fut déposée sur la console par Benoît. C'est encore Benoît, quand nous étions à table, qui enleva la toile, puis, un peu plus tard, ouvrit la porte-fenêtre.

— Et nous n'avons rien entendu ! intervint le docteur Dodin.

Royère eut une ombre de sourire.

— Benoît opérait lorsque je venais sur le seuil du salon, pour m'assurer que tout était normal ; c'est-à-dire au moment où vous aviez la certitude la plus absolue qu'il ne pouvait rien se passer.

Il y eut un silence, que troubla maître Robion.

— Bien entendu, votre domestique avait une seconde clef ?

— Oui, ce que je vous avais nécessairement caché.

— Je dois avouer, dit le médecin au capitaine, que l'illusion était parfaite. Personne n'avait pu venir de l'extérieur, nous en étions sûrs. Donc, l'Homme à la dague, s'arrachant de son cadre, s'était enfui.

— Pour que l'illusion, comme vous dites, soit plus parfaite encore, reprit le châtelain, je m'étais même procuré un déguisement complet, que revêtit Léonard. Il attendait à l'extrémité de la pelouse ; dès qu'il vit nos ombres s'agiter dans le salon, il se mit à marcher vers la grille, mais sans doute trop vite puisque personne ne l'aperçut.

— Si, moi ! murmura Sans Atout, mais d'une voix si basse, que son père, seul, l'entendit.

— En tout cas, votre objectif était pleinement atteint, dit le capitaine. La presse s'en est donné à cœur joie.

— Oui, dit Royère. Mon rôle était, évidemment, de me montrer discret. Mais mon mutisme excitait encore plus la curiosité. Ah ! les journaux m'ont bien servi. Grâce à eux, j'ai eu des offres inespérées, qui ont achevé de me tourner la tête. C'est là, voyez-vous, qu'on est obligé d'admettre l'influence maléfique de l'Homme à la dague. Tout d'abord, j'étais décidé à vendre mon tableau à un collectionneur américain qui m'avait fait une proposition des plus intéressantes. Après la disparition de l'Homme à la dague et son retour au château, en échange de la rançon que je me serais payée à moi-même, j'étais certain que je pourrais exiger de mon client un prix infiniment supérieur à celui qu'il m'offrait déjà. Une simple spéculation boursière, en somme. Mais, dans les jours qui suivirent, je fus sollicité par sept amateurs. Sept, vous m'entendez, quatre Américains, deux Anglais et un Brésilien. Tous immensément riches. Et, sur les sept, j'en soupçonnais plusieurs de posséder des tableaux célèbres achetés en sous-main à des voleurs. Le fait n'est pas rare, vous savez. L'amour des chefs-d'œuvre, le désir d'avoir une pièce unique, poussent certains collectionneurs à commettre des folies.

— C'est idiot, dit le capitaine. Ils ne peuvent montrer à personne ces tableaux volés sous peine d'être immédiatement inquiétés.

— Mais justement, ils les gardent jalousement pour eux seuls. Quand je dirigeais ma galerie, j'ai entendu d'étranges confidences. Vous seriez surpris si... Bref ! Je cherchais à conclure une affaire ; je vis bientôt l'occasion d'en réussir trois ou quatre, et de la manière la plus simple. Je n'avais qu'à faire exécuter en secret plusieurs copies de l'Homme à la dague. Ensuite, il disparaîtrait à nouveau, définitivement cette fois, et son soi-disant voleur le proposerait secrètement à certains de mes correspondants soigneusement choisis. Je ne risquais rien. Aucun d'eux ne parlerait. Chacun s'imaginerait posséder le tableau original, le seul, l'unique, et moi, je toucherais des sommes considérables.

— Combien ? dit le capitaine.

— Au moins trois millions pour chaque opération.

— Fichtre ! Le jeu en valait la chandelle ! A condition d'avoir un bon faussaire sous la main.

Royère hocha plusieurs fois la tête.

— J'en connaissais un, depuis longtemps. Un vieil artiste italien, qui n'avait jamais réussi à s'imposer malgré un talent incontestable. Je lui avais rendu service, autrefois. Je le convoquai donc, et il vint, avec son fils, qui l'aide à marcher, car il est infirme. C'est lui, maître, que vous avez entendu au téléphone, le jour où la voix ordonnait de déposer la rançon à la Tour Perdue. Là encore, j'avais besoin d'un témoin et aussi d'un intermédiaire irréprochable et neutre. Pardonnez-moi !

Royère s'interrompit à nouveau. Il attendait visiblement une réaction de l'avocat, mais celui-ci dit simplement :

— Nous en arrivons à l'intervention de François.

— Oh ! Je ne lui en veux pas. Je devrais même dire : au contraire. Je pense qu'il était, lui aussi, sous l'influence de ce maudit tableau. Il y a, dans l'enchaînement des faits, vous le sentez bien, quelque chose qui est toujours allé bien au-delà de mes intentions, comme si une volonté étrangère s'était à tout instant servi des circonstances pour m'entraîner plus loin, plus loin encore. Prenez le cas de François. Innocemment, il remplace les billets de banque par du papier. Aussitôt, pour la police, pour vous tous, il apparaît que le voleur a été trompé et qu'il se vengera en s'attaquant à moi. Mais, maintenant, mettez-vous à ma place. Quel rebondissement extraordinaire si je me fais disparaître à mon tour ! La revanche de l'Homme à la dague ! C'est une nouvelle occasion, inespérée, d'augmenter mes prix.

— Les enchères du malheur ! ironisa maître Robion.

— Exactement ! Et cela, comment l'aurais-je prévu ? Je partis donc un matin dans mon tilbury et je me cachai dans le vieux moulin, où j'avais provisoirement logé mes deux Italiens. C'est un endroit retiré où personne ne s'aventure jamais. Pour le monde, j'étais entre les mains d'un mystérieux malfaiteur.

— Comment comptiez-vous manœuvrer ? demanda le capitaine.

— Eh bien, à peu près comme la première fois. J'aurais envoyé une lettre au château exigeant la rançon déjà fixée, plus, à titre de représailles, le tableau, car il fallait bien que celui-ci disparaisse à nouveau pour qu'on puisse le proposer à mes collectionneurs.

— Continuez ! dit maître Robion.

— Mon plan fut, une nouvelle fois, mis en échec par votre fils. C'est un garçon plein de ressources et que j'aime bien. Je renvoyai à la Chênaie mon tilbury, avec un billet menaçant épinglé au siège. Mais jamais je n'aurais imaginé que quelqu'un aurait eu l'idée d'utiliser Blanchette pour retrouver ma trace. Et pourtant, oui, c'était logique! Encore un événement qui allait au-delà de ce que j'avais prévu ! Quand François est arrivé au moulin, nous étions en train de discuter, le vieux Giovanni, son fils et moi. Car mes clients étaient pressés. Ils voulaient une prompte réponse. Et je ne savais pas encore combien il faudrait de temps à mon bonhomme pour exécuter ses copies. S'il avait disposé librement du modèle, son travail eût été assez vite achevé. Mais ce n'était pas le cas, puisque le tableau avait retrouvé sa place au château, et que le peintre ne pouvait travailler chez moi.

Le châtelain s'essuya les lèvres et reprit haleine.

— Donc, nous étions en train de discuter, tous les trois. Tout à coup, nous avons entendu, au loin, un hennissement. Blanchette, c'était Blanchette ! Nous avons eu très peur. Nous nous sommes embusqués derrière les volets et, peu après, j'ai vu apparaître François. Il était seul. Immédiatement, j'ai songé à exploiter la situation. J'avais, sous la main, le déguisement dont s'était servi Léonard, et que je n'avais pas commis l'imprudence de laisser traîner à la Chênaie. Le fils de Giovanni le revêtit aussitôt, cependant que je m'installais sur le divan. Nous n'avions plus qu'à attendre. J'étais bien certain qu'un garçon assez astucieux pour avoir découvert ma retraite ne ferait jamais demi-tour sans s'être assuré de ce qui s'y passait.

La voix de Rovère s'enroua légèrement.

— En effet, François se hisse jusqu'à une fente du volet, m'aperçoit. Nul doute, je suis prisonnier. Regardant, ensuite, par une autre fente, il aperçoit... l'Homme à la dague. Cette fois, il en est sûr, je suis prisonnier de l'Homme. Puis c'est la chute de l'échelle, la fuite de François et son léger évanouissement, qui nous sert. Nous débarrassons vite le grenier de tout ce qu'il renferme de compromettant, et quand François revient à lui, il a l'impression d'être comme moi, aux mains des bandits. Je te demande pardon, mon petit François. Je t'ai menti ; je t'ai joué, par la force des choses, une comédie dont je ne suis pas fier. J'étais trop engagé. Je ne pouvais plus reculer. Et pourtant, je commençais à regretter. Je te voyais si confiant, si brave !

Sans Atout se sentait hors d'état de prononcer un mot. Il se rappelait la nuit au moulin, la façon dont le châtelain l'avait embrassé. Non, ce n'était pas un méchant homme ! Mais Sans Atout découvrait soudain le pouvoir de l'argent. L'Homme à la dague était le mauvais ange de l'argent. Cette passion triste, qui brûlait dans ses yeux bleus, c'était le reflet de l'argent. « Ne jamais convoiter ! », pensa Sans Atout. Il était tout endolori, en dedans. Il venait d'entrer, à son insu, dans le mondes des adultes.

— Tout est clair, maintenant, dit le capitaine.

— Vous le voyez, je ne suis pas un voleur, insista le châtelain. Je suis bien libre de faire circuler à ma guise mon tableau et mon argent.

— Peut-être. Mais vous alliez vous livrer à un genre de commerce qui a un nom : l'escroquerie. Et vous nous avez tous abusés.

— Oh ! pour moi, ce n'est rien, dit maître Robion.

— Mais pour moi, c'est important ! s'écria le

capitaine. Une enquête a été ouverte et vous vous êtes moqué de la Justice. Je pourrais vous inculper d'outrages à...

Le docteur Dodin, conciliant, l'interrompit :

— N'oubliez pas que monsieur Royère a traversé, autrefois, des épreuves qui ont fortement ébranlé sa santé, et je parle aussi bien de sa santé morale que de sa santé physique. Je crois qu'il serait humain de passer l'éponge.

— A une condition, dit le capitaine. D'abord, je veux que ce Giovanni et son fils repassent la frontière le plus rapidement possible. Ensuite, j'exige que votre tableau ne quitte plus jamais cette maison. De cette façon, il ne sera plus question de le monnayer abusivement. Le docteur Dodin, qui vient vous visiter régulièrement, voudra bien s'assurer que l'Homme à la dague est toujours là !

Le plus pénible fut le départ. Ils défilèrent tous devant le châtelain silencieux. Personne ne lui serra la main. Sans Atout faillit s'arrêter, mais son père le poussa fermement aux épaules.

— Un malheureux ! murmura le médecin, au moment de remonter dans sa voiture.

La nouvelle éclata trois semaines plus tard. Les Robion étaient rentrés à Paris, après un court séjour à Kermoal. Ils ne parlaient jamais plus de l'Homme à la dague. L'avocat l'avait interdit. Sans Atout apprit, par un flash d'information, que La Chênaie venait de brûler. Monsieur Royère avait péri dans l'incendie. Les domestiques avaient réussi à s'échapper, mais le château était détruit.

Les journaux du soir donnèrent de plus amples détails. Le feu avait pris dans l'office et s'était propagé avec une extraordinaire rapidité.

Les pompiers avaient lutté en vain. Presque tous les objets d'art avaient été détruits, et tous les tableaux consumés, à l'exception d'un seul : l'Homme à la dague, qui avait été miraculeusement sauvé. Immédiatement informés, plusieurs collectionneurs avaient déjà fait connaître leur intention de l'acquérir, coûte que coûte.

— Encore une coïncidence ! dit maître Robion.

— Peut-être que oui, fit Sans Atout. Peut-être que non. Qui sait ?

Découvre les autres aventures
de **Sans Atout**

dans la collection

folio junior

5. SANS ATOUT,
LA VENGEANCE DE LA MOUCHE

n° 704

6. SANS ATOUT
DANS LA GUEULE DU LOUP

n° 847

7. SANS ATOUT, LE CADAVRE FAIT LE MORT

n° 848

8. SANS ATOUT, UNE ÉTRANGE DISPARITION

n° 849

Loi n° 49-956 du 16 juillet 1949
sur les publications destinées à la jeunesse
ISBN : 978-2-07-062908-4
Numéro d'édition : 170644 – Numéro d'impression : 95728
Premier dépôt légal dans la même collection : février 1991
Dépôt légal : juillet 2009

Imprimé en France par CPI Firmin Didot